© H. Peterova

Patricia Schröder, 1960 geboren, lebt mit Mann, zwei Kindern und einer Hand voll Tieren an der Nordsee. Sie hat Produktdesign studiert und arbeitet seit einigen Jahren als freie Autorin. Zuerst schrieb sie satirische Beiträge für den Funk, später Texte für Anthologien. Inzwischen hat sie zahlreiche Kinder- und Jugendromane veröffentlicht. Ihre Adresse im Internet: *www.patricia-schroeder.de*
Im Programm der Fischer Schatzinsel sind von Patricia Schröder schon ›Gyde und die Flut‹ (gebunden), ›Sommerferien, Sommerküsse‹ (gebunden) und die Taschenbücher ›Timo setzt sich durch‹ (Bd. 80429) und ›Der hundsgemeine Hasenklau‹ (Bd. 80428) sowie in der Reihe generation der Roman ›Scheiß Glatze, ich lieb dich‹ (Bd. 80417) erschienen. Weitere Titel sind in Vorbereitung.

Annabelle von Sperber, geboren 1973, studierte an der Fachhochschule für Gestaltung in Hamburg. Seit 2000 arbeitet sie als freie Illustratorin für verschiedene Verlage und Zeitschriften. Zurzeit lebt sie mit ihrem Lieblingsfranzosen und ihrer Tochter in Berlin.

Drei freche Sardinen. Sarah ist neu auf dem Internat Sardinenburg. Schnell freundet sie sich mit der Einzelgängerin Dina an. Alles könnte so schön sein, doch ihre Zimmergenossin Nelly macht ihr mit gemeinen Streichen das Leben schwer. Da braucht Nelly eines Tages Sarahs Hilfe – und so ist Sarah auf einmal mit zwei Mädchen befreundet, die sich gegenseitig nicht ausstehen können. Und dann soll Sarah auch noch herausfinden, welche von beiden der supersüße Marvin lieber mag …

Unsere Seite im Internet: www.fischerschatzinsel.de

Patricia Schröder

Drei freche Sardinen

Mit Vignetten von
Annabelle von Sperber

Fischer Schatzinsel

Fischer Schatzinsel
Herausgegeben von Eva Kutter

Veröffentlicht im Fischer Taschenbuch Verlag,
einem Unternehmen der S. Fischer Verlag GmbH,
Frankfurt am Main, August 2004

Lektorat: Ilona Einwohlt
Umschlagillustration: Annabelle von Sperber
Umschlaggestaltung: Buchholz/Hinsch/Hensinger
Satz: Pinkuin Satz und Datentechnik, Berlin
Druck und Bindung: Clausen & Bosse, Leck
Printed in Germany
ISBN 3-596-85141-6

Nach den Regeln der neuen Rechtschreibung

Inhalt

Ankunft mit Hindernissen

Sarah war höllisch aufgeregt. Vor lauter Herzklopfen schaffte sie es kaum, der Schulsekretärin, die ihr auf roten Stöckelschuhen den Korridor vorauseilte, auf den Fersen zu bleiben.

Klack! Klack! Klack!, hallte es durch das Schulgebäude. Dann blieb Frau Kasewinkel so plötzlich stehen, dass sie ins Schlittern geriet. Sie stieß ein hohes »Huuch!« aus und ruderte hektisch mit den Armen.

Es sah ziemlich komisch aus und normalerweise hätte Sarah sich ein Grinsen kaum verkneifen können. Aber im Moment war ihr einfach nicht danach zumute. Sie fühlte sich unbehaglich. In ein paar Sekunden würde sie vor einer wildfremden Klasse stehen und garantiert würden sie alle anstarren.

Sarah schob den Gedanken daran beiseite, denn jetzt musste sie erst einmal Frau Kasewinkel helfen. Sie sprintete los und stützte die Sekretärin am Arm ab.

»Alles gut gegangen«, ächzte Frau Kasewinkel. »Vielen Dank. Das ist wirklich sehr nett von dir.« Sie glättete sich das elegante schwarze Jackett und ordnete die dunkelblonde Steckfrisur. »Es ist aber auch verdammt glatt hier.«

Sarah nickte höflich. Vielleicht waren diese wackeligen Stöckel auch einfach nicht das passende Schuhwerk für den dunkelgrauen, blank polierten Steinboden …

»Es tut mir ja furchtbar Leid, dass unser Schulleiter ausgerechnet jetzt keine Zeit hat«, fuhr die Sekretärin fort, nachdem sie über ihren Rock gestrichen hatte. Sie schaute Sarah aus ihren großen blauen Augen freundlich an. »Es herrscht immer ein schreckliches Durcheinander in den ersten Wochen nach den Sommerferien.« Sie wandte sich der nächsten Tür zu, rückte ihre schwarz-gelb gestreifte Wespenbrille zurecht und studierte das kleine weiße Schild, das rechts neben der Tür angebracht war. »Raum 36E. Ja, hier ist es.« Sie drehte sich wieder Sarah zu und lächelte. »Bist du sehr aufgeregt?«

Sarah öffnete den Mund. Sie kam allerdings nicht dazu, irgendetwas zu sagen, denn Frau Kasewinkel redete einfach weiter, so als ginge es darum, einen Preis im Möglichst-schnell-möglichst-viele-Wörter-hintereinander-Sagen zu gewinnen.

»Ach, was frag ich denn … Natürlich bist du aufgeregt. Lauter neue Gesichter. Und dann so weit weg von zu Hause.«

Ja, und außerdem auch noch eine ganze Woche zu spät. Und nur weil Oma den Brief mit dem Ankunftsdatum verlegt hatte.

Frau Kasewinkel hob die Hand und klopfte dreimal kräftig gegen die Holztür.

»Ja, bitte!«, ertönte eine strenge, laute Stimme von drinnen.

Sarah wurde innerlich gleich einen halben Meter kürzer. Dabei war sie ohnehin nicht besonders groß. Mit eingezogenem Kopf folgte sie der Sekretärin in den Klassenraum.

»Ja … bitte …«, wiederholte die Stimme.

Sie kam von einem hoch aufgeschossenen, hageren Mann mit wässrigen Augen, spitzer Nase und graublonden Haaren, die so fein waren, dass sie seinen Kopf wie zarter Flaum umwehten. Er stand vor einer ausgerollten Kartenleinwand und deutete mit der Spitze des Zeigestocks gerade auf eine Bucht an der ostdeutschen Küste.

»Ich bringe Ihnen Sarah Wiedener«, sagte Frau Kasewinkel. »Entschuldigen Sie bitte, Herr Knoche, sie hat ein wenig Verspätung.«

Der Erdkundelehrer schob den Hemdärmel hoch und warf einen genervten Blick auf seine Armbanduhr. »Ein wenig?«, erwiderte er. »Für meinen Geschmack hätten wir das auch in der Pause erledigen können.«

»Aber das arme Mädchen hat doch ohnehin schon Unterricht versäumt«, entgegnete die Sekretärin, zog Sarah energisch am Handgelenk nach vorne und schob sie dann weiter in den Raum.

Die Klasse hatte mittlerweile angefangen zu kichern, und Sarah fühlte unzählige Augenpaare auf sich, die sie mit neugierigen Blicken durchbohrten.

»Schau mal, da hinten, neben Dina ist noch ein Platz frei«, sagte Frau Kasewinkel. »Das trifft sich ja gut«, freute sie sich. »Dina ist nämlich auch noch nicht so lange in dieser Klasse.«

»Das dürfen Sie gerne mir überlassen«, mischte sich Herr Knoche ein. »Was Sie betrifft, erscheint es mir eher maßgeblich, dass das Telefon unten im Sekretariat zurzeit auf unverantwortliche Weise unbesetzt ist.«

»Jetzt haben Sie sich mal nicht so! Im Gegensatz zu Ihnen weiß ich ziemlich genau, wie ich meinen Job zu machen habe«, schnaubte die Sekretärin. »Und wenn es wirklich wichtig ist, rufen die Leute auch ein zweites Mal an.« Sie nickte Sarah noch einmal zu und wendete sich der Klassentür zu.

Herr Knoche schaute ihr mit zusammengekniffenen Augen hinterher, wartete, bis sie den Raum verlassen hatte, und ging dann noch ein paar Mal schweigend auf und ab, während das Klack-klack-klack von Frau Kasewinkels Stöckelschuhen allmählich verhallte.

Sarah stand immer noch da und strich sich nervös das halblange kastanienbraune Haar hinter die Ohren. Na, da hatte die Kasewinkel ihr was eingebrockt. Das Herz klopfte ihr mittlerweile bis zum Hals und ihr Kopf fühlte sich an wie ein Backofen. Angestrengt starrte sie auf den Boden und versuchte, das Gekicher und Getuschel nicht zu hören.

Warum nur ermahnte Herr Knoche die Schüler nicht?, fragte sie sich. So streng, wie er zu sein schien! Wieso sagte er nicht endlich, dass sie sich neben diese Dina setzen sollte und machte dann mit dem Erdkundeunterricht weiter?

»So, du bist also Sarah Wieder«, riss seine laute Stimme sie aus ihren Gedanken.

Erschrocken schaute Sarah auf. »Wiedener«, sagte sie rau.

»Wie bitte?« Herr Knoche legte seine Hände auf den Rücken und beugte sich zu ihr herunter. Sarah räusperte sich ein paar Mal, aber ihr Hals wurde einfach nicht frei.

»Wiedener heißt die!«, rief ein Junge mit struppigen schwarzen Haaren und lustigen blauen Augen. »Wiedener hat die Kasewinkel gesagt.«

»*Frau* Kasewinkel, bitte«, korrigierte Herr Knoche ihn. »Und jetzt bedankst du dich mal schön bei Marvin, weil er dir so nett geholfen hat.«

Sarah schwitzte. »Ja, danke«, kratzte sie sich mühsam aus dem Hals.

»Also, wenn du hier was erreichen willst, dann musst du schon ein wenig lauter reden«, sagte Herr Knoche.

Ihre neuen Klassenkameraden kicherten weiter und tuschelten noch lauter miteinander.

»Ruhe!«, rief Herr Knoche und schlug wütend mit dem Zeigestock auf einen der Tische in der ersten Reihe.

Na, endlich!, dachte Sarah erleichtert. Jetzt sagt er bestimmt, dass ich mich setzen soll.

Doch das tat der Erdkundelehrer nicht. Stattdessen ging er zur Landkarte hinüber und hob die schwarze Spitze des Stockes wieder zu der Bucht an der Ostseeküste hinauf.

»Dann sag uns doch gleich mal, wie diese kleine Pfütze hier genannt wird.«

»Wer?«, fragte Sarah. »Ich?«

»Natürlich«, sagte Herr Knoche. »Oder siehst du hier vorne noch jemanden stehen?«

»Ja ... Sie!«, tönte es aus einer der hinteren Reihen.

Der Zeigestock schnellte nach unten und der Erdkundelehrer fuhr herum. »Wer war das?«

»Ich!«, rief eine ganz andere Stimme.

»Gut«, sagte Herr Knoche. »Zur Strafe schreibst du zur nächsten Stunde einen Aufsatz über Hiddensee.«

»Aber Marvin war das doch gar nicht«, meldete sich Dina zu Wort.

»Das weiß ich auch«, entgegnete Herr Knoche. »Marvin bekommt die Strafarbeit dafür, dass er den wahren Täter schützt.«

Den wahren Täter! Meine Güte, dachte Sarah. Wo bin ich hier gelandet? Das klang ja wie in einem Krimi. Herr Knoche war wirklich schrecklich.

»Das find ich aber voll ungerecht«, sagte Dina. Sie sprang auf und ihre braunen Augen blitzten. »Ich war's doch.«

»Als ob ich das nicht wüsste.« Herr Knoche lächelte. »Und jetzt setz dich bitte wieder hin.«

»Okay«, brummte Dina. Sie ließ sich auf ihren Stuhl zurückplumpsen. »Und was mach ich jetz für 'ne Strafarbeit?«

»Gar keine«, erwiderte Herr Knoche. Dann wandte er sich wieder Sarah zu. »Und du? Hast du inzwischen herausgefunden, wie diese Bucht da oben heißt?«

Sarah guckte auf ihre ineinander verhakelten Finger und schüttelte den Kopf.

»Na, da unten steht es bestimmt nicht«, hörte sie Herrn Knoche sagen. »Sondern da oben.«

Er tippte mit der Spitze des Zeigestocks geräuschvoll gegen die Karte.

»Das kann ich aber von hier nicht lesen«, sagte Sarah leise.

»Dann brauchst du möglicherweise eine Brille«, erwiderte Herr Knoche. »Aber vielleicht wissen es deine grauen Zellen ja auch.«

»Nein.«

Wieder schüttelte Sarah den Kopf. Ihr Hals war ganz eng und ihr Gehirn fühlte sich an wie ein alter grauer Pudding. Selbst wenn sie es gewusst hätte, es wäre ihr jetzt sowieso nicht eingefallen.

»Das ist aber schade«, meinte der Erdkundelehrer und zog bedauernd seine Mundwinkel nach unten.

»Bodden!«, schrie Dina von hinten. »Das is der Greifswalder Bodden, verdammt nochmal!«

Herrn Knoches Augenbrauen schoben sich bedrohlich über der Nasenwurzel zusammen. Vorsichtshalber zog Sarah den Kopf noch ein Stück mehr ein. Doch wider Erwarten explodierte der Erdkundelehrer nicht. Stattdessen entspannten sich seine Gesichtszüge und er sagte mit sanfter Stimme:

»Vielen Dank, Dina. Würdest du bitte mal nach vorne kommen ...«

Das Mädchen mit den schulterlangen Kringellocken erhob sich zögernd. Sie hatte abstehende Ohren, ein rundes Gesicht und war auch sonst ziemlich pummelig. »Was soll ich denn da?«

»Das wirst du schon sehen«, erwiderte Herr Knoche.

Dina kam hinter ihrem Tisch hervor und schlurfte geräuschvoll nach vorne.

»Pass auf, dass du nicht mit deinen Ohren irgendwo hängen bleibst!«, feixte ein Junge mit strubbelkurzen, dunklen Haaren und frech blitzenden braunen Augen hinter einer runden Brille.

Herr Knoche kümmerte sich nicht um ihn. Lächelnd hielt er Dina ein Stück Kreide entgegen.

»So«, sagte er und zeigte zur Tafel. »Auf diese Seite

schreibst du bitte zehnmal: Das *ist* der Greifswalder Bodden, in die Mitte zehnmal: Ich soll nicht fluchen, und auf die andere Seite: Ich soll beim Laufen die Füße heben.«

Der Strubbelkopfjunge und ein paar andere lachten lauthals los.

»Das kann die doch gar nicht«, rief der Strubbelkopfjunge, der direkt neben Marvin saß. »Ihr eigenes Gewicht drückt sie dermaßen nach unten, dass sie die Füße gar nicht richtig hoch kriegt.«

»Wir haben Erdkunde und keine Physik«, sagte Herr Knoche trocken. »Und deshalb machst du jetzt mal eine kleine geographische Reise, Frederik.«

Der Strubbelkopfjunge blickte erwartungsvoll auf die Landkarte.

»Und zwar von deinem jetzigen Platz auf den freien neben Dina.«

»Der Knochen kann mir gar nix«, sagte Dina. »Ich steh in Erdkunde glatt zwei.« Sie hatte sich bei Sarah untergehakt und stiefelte mit ihr durch den langen Korridor auf die Treppe zu. »Außerdem isses echt voll gut, dass du neben Marvin sitzt.«

»Wieso?«, fragte Sarah.

Sie hätte eigentlich viel lieber den Platz neben Dina gehabt. Jetzt saß sie ausgerechnet zwischen zwei Jungen, Marvin und dem rothaarigen Nils.

»Na ja, da kannste ihn mal fragen, wie der mich so findet und so.«

Plötzlich ähnelte Dinas kreisrundes Gesicht verdächtig einer Tomate.

»Sag bloß, du bist in den verliebt«, platzte Sarah heraus.

»Psssst!«, machte Dina. »Nich so laut.«

Hektisch blickte sie sich nach allen Seiten um. Aber die Schüler, die ihnen am nächsten standen, waren erstens aus der Achten und zweitens meilenweit weg.

»Oh, tut mir Leid«, flüsterte Sarah.

Dina winkte ab. »Schon okay.«

»Wieso bist du in Marvin verknallt?«, fragte Sarah.

»Na ja ...« Dina blieb stehen und sah ihre neue Kameradin verschwörerisch an. »Also, das war irgendwie so: Ich hatte die Deutschhausaufgaben vergessen. Und da standen wir vor der Klassentür, also das war noch vor Mathe, Deutsch wär erst in der zweiten gewesen ...«

»Du und Marvin?«, hakte Sarah nach.

Dina quasselte nämlich so verquer und so schnell, dass sie nicht gleich alles verstand.

»Vor der Klasse meinste?«, fragte Dina und Sarah nickte.

»Och nee, da standen wir alle. Wir haben ja auf die Mailander gewartet.«

»Die Mathelehrerin?«

»Logo ...« Dina holte einmal tief Luft. »Aber jetz quatsch nich dauernd dazwischen, sonst krieg ich gleich die Krise.«

Du lieber Himmel! Sarah wollte sich lieber nicht ausmalen, was es wohl bedeutete, wenn Dina die Krise bekam. Sie schaltete ihr Gehirn auf volle Konzentration, damit sie auch ja alles richtig verstand und nicht wieder so blöd nachfragen musste.

»Also«, begann Dina von neuem. »Wir standen also da so rum. Vor der Klasse, und ich so: Mensch, Kacke, ich hab den Aufsatz vergessen. Und Tini so: Na, da wird die Schnippzig sich aber freuen. Die is nämlich unsere Deutschlehrerin. Die is auch eigentlich ganz süß, weil die nämlich immer so glänzende Augen hat, als ob sie dauerverknallt is, das passt so super zu ihrem Herzgesicht, wirste schon sehen – na ja, und ich dann also so: Kacke, ich steh in Deutsch sowieso schon auf Messers Schneide. Und Frederik natürlich: Was redest du auch immer so? Und ich: Was soll das denn heißen? Und so: Na, du vergisst dauernd Buchstaben und redest ohne Punkt und Komma. Und dann, jetz pass auf, Sarah, jetz kommt's nämlich. Da sagt Marvin: Mach dir keine Gedanken. Du kannst bei mir abschreiben.« Vor Begeisterung knuffte Dina Sarah in die Seite. »Logisch fängt Frederik gleich an zu kichern. Dann habt ihr ja total den gleichen Aufsatz, ihr Blödmänner. Meint ihr etwa, die Schnippzig merkt das nicht? Marvin wird sofort knallrot. Und ich denk so, Mann, das is ja voll peinlich. Aber dann merk ich, dass der Marvin mich anschielt. Und ich schiel zurück. Aber dann kam blöderweise die Mailander.«

Dina machte eine kleine Pause, um Atem zu holen. Sarah packte die Gelegenheit beim Schopf und fragte:

»Du hattest deine Hausaufgaben dann also doch nicht?«

»Sag ich doch. Aber das war dann ja auch egal.«

»Wieso?«

Dina stöhnte. »Mensch, wofür erzähl ich dir denn die ganze Geschichte?«

Sarah sah sie bloß schulterzuckend an.

»Wegen Marvin, du, du ...« Offenbar fiel Dina kein Schimpfwort ein, das nicht allzu beleidigend war.

Aber Sarah war auch so klar, dass ihre neue Klassenkameradin sie für ziemlich schwer von Begriff hielt. Daher beschloss sie, das Thema Marvin besser nicht mehr anzusprechen und fragte stattdessen nach den Hausaufgaben.

»Habt ihr dafür denn Noten gekriegt?«

Dina schüttelte den Kopf.

»Ach, i wo. Aber die Schnippzig war natürlich total sauer. Und der Gripsy auch. Is mir im letzten Halbjahr ja auch andauernd passiert ...«

»Was? Dass du deine Hausaufgaben vergessen hast? Oder dass der .. äh ... Gripsy? ... äh ... sauer war?«

»Hast du 'n Riss in der Platte? Beides, Mann!« Dina verdrehte die Augen. Dann kicherte sie »du hast wohl keinen Schimmer, wer Gripsy is, was?«

»Nee.« Sarah schüttelte den Kopf.

»Na, der Direx, Mann!«, schrie Dina und schlug sich auf den Oberschenkel. »Der Gripsholm. Zu dem musst ich nämlich hin, um mir 'ne Gardinenpredigt abzuholen.« Sie zuckte kurz die Schultern und sabbelte weiter. »Eigentlich is der ganz okay. Aber eben bloß der Leiter vom Gymnasium. Die Burg, also, ich mein, das Internat, das machen jetz die Buchstedts. Aber auch nur angestellt.«

Ja, auf einmal erinnerte Sarah sich, wie Oma da gesessen hatte, mit dem Wisch aus dem Internat und gesagt hatte, dass der Burgherr ein Sardinenkenner war und mit den Fischen regen Handel betrieben hatte. Da hatte Sarah aber nicht nachgefragt. Erstens verdrehte Oma meistens alles, was sie kurz zuvor gelesen hatte, und zweitens hatte Sarah von dem Internat sowieso nichts wissen wollen. Und wenn es tausendmal ganz toll sein sollte, ganz in der Nähe eines großen Sees lag und früher mal eine echte Burg gewesen war.

»Auf'm Zeugnis hat sie mir dann prompt 'ne Vier minus reingehaun«, sagte Dina.

»Bloß wegen der vergessenen Hausaufgaben?«, fragte Sarah.

»Nee. Auch weil ich nie richtige Sätze sag oder schreib.«

»Aber das tust du doch«, entgegnete Sarah. »Du redest fast völlig normal.«

»Ja«, sagte Dina. »Aber eben bloß fast. Und außerdem benutz ich immer diese Ausdrücke, die können sie nich ausstehen. Was kann ich dafür, mir macht das eben Spaß.« Sie lachte und fasste Sarah am Arm. »So, und jetz komm. Ich zeig dir mal was.«

Die Mädchen rannten über das Schulgelände, an lauter kopfschüttelnden Mitschülern vorbei einem kleinen Hügel entgegen.

»Nur noch da rauf!«, schnaufte Dina. »Von da kannste erst mal die ganze Gegend voll gut überblicken.«

Sarah stöhnte. Sie hatte bereits Seitenstechen und brauchte unbedingt eine Verschnaufpause. Außerdem sollte sie sich nach Unterrichtsschluss eigentlich sofort bei Frau Kasewinkel melden. Bestimmt wollte die sie selber ins Internatsgebäude bringen.

»Ach, die hat doch immer so viel umme Ohren«, meinte Dina abwinkend. »Die is bestimmt froh, wenn ich das mach.«

Ächzend quälte Sarah sich die letzten zehn Meter den Hügel hinauf und ließ sich dann neben Dina, die im Gegensatz zu ihr fast gar nicht außer Puste war, auf die Wiese plumpsen.

Dina machte eine weit ausschweifende Armbewegung über das Burggelände. »Isses nich einfach topographisch hier?«

Offenbar liebte sie es, Fremdwörter zu benutzen, egal, ob sie gerade passten oder nicht.

»Du meinst wohl geographisch«, murmelte Sarah. Sie wollte Dina nicht verärgern, aber sie konnte sie schließlich auch nicht einfach was Falsches sagen lassen. »Oder phantastisch.«

»Is doch egal«, erwiderte Dina. »Du hast doch gewusst, wie ich's mein.«

Die *Sardinenburg*, wie die Schule von den Schülern genannt wurde, war wirklich toll. Sie bestand aus zwei völlig verschiedenen Gebäudeteilen. Nur wenige hundert Meter von einem kleinen beschaulichen See entfernt, lag die viereckige Burg mit ihrem Hauptteil, den drei Flügeln (Süd, Ost und West) und dem Turm, in dem sich die Krankenstation befand. Die Burg war schon viele, viele Jahrzehnte alt, aus grobem grauem Gestein gemauert und von einem großen Park umgeben. Zwischen dem Hauptteil und den Flügeln befand sich ein Innenhof, der von dem Internatsleiter Herbert Buchstedt bepflanzt worden und für die Internatler unzugänglich war. Anfang des zwanzigsten Jahrhunderts hatte die Burg einem echten Grafen gehört, der eine besondere Schwäche für Sardinen hatte. Damals ließ er eine riesige Lagerhalle errichten, in der die Fische, die er sich aus dem mitteleuropäischen Raum kommen ließ, in Salz eingelegt und gelagert wurden. Zuerst dienten sie nur für den eigenen Bedarf, doch später trieb der Graf auch regen Handel damit und wurde in der ganzen Region nur *der Sardinenkönig* genannt.

Nachdem der Graf gestorben war, schlief das Geschäft allmählich ein. Die Halle blieb ungenutzt, die Burg dagegen wurde für Touristen geöffnet. Da sich jedoch keiner aus der Familie so richtig für das Anwesen verantwortlich fühlte, begann die Burg zu verfallen. Bis vor ein paar Jahren dann der Urenkel des alten Grafen und jetziger Schulleiter, Gotber Gripsholm, die Idee gehabt hatte, sie als Internat zu nutzen und die ehemalige Fischhalle in ein modernes Gymnasium umbauen zu lassen.

Die Burg wurde bis auf den Südflügel renoviert. In die Halle wurde eine zweite Etage eingezogen, schwere Holzböden verlegt, alles verputzt und riesige Glasfenster eingesetzt.

Inzwischen wurde das Gymnasium zum überwiegenden Teil von Kids aus dem Ort besucht und natürlich von den Internatlern. – Das waren in diesem Schuljahr neunzehn Mädchen und fünfzehn Jungen aus fast allen Klassen.

»Ich wär trotzdem lieber bei meiner Oma geblieben«, murmelte Sarah und erzählte Dina, warum sie überhaupt hierher gekommen war. Nämlich, weil Omas Gelenke mittlerweile völlig verschlissen waren und nun nacheinander erneuert werden sollten. »Sie muss dann ziemlich oft ins Krankenhaus und kann sich nicht um mich kümmern.«

»Und was is mit deinen Eltern?«, fragte Dina. »Kannste nich bei denen wohnen?«

»Nee.« Sarah holte tief Luft und schüttelte den Kopf. »Die sind schon lange tot. Bei einem Autounfall ist es passiert«, erzählte sie stockend. »Ich kann mich gar nicht mehr richtig an sie erinnern.«

Dina legte das Kinn auf ihre Arme, schaute auf die Burg hinunter und hörte schweigend zu.

»Heimweh kannste dir abschminken«, sagte sie, als Sarah fertig war. »Wenn de hier Schwächen has, dann machen die dich voll fertig.«

»Was meinst du damit?«, fragte Sarah erschrocken. »Und wieso?«

»Weil die wie die Geier sind. Mit mir ham sies schon geschafft.« Dina riss ein paar Grasbüschel aus und warf sie vor sich auf die Wiese. »Keiner quatscht mehr mit mir. Außer ein paar Jungs.«

»Aber wieso denn?«, wollte Sarah wissen. »Ich meine, du hast doch vorhin erst noch von der Sache mit Marvin und den vergessenen Hausaufgaben erzählt. Da haben doch alle noch mit dir gesprochen.«

»Nich alle.« Dina schüttelte den Kopf und sah auf einmal total traurig aus. »Nur noch ein paar. Aber seit vorgestern redet keiner mehr mit mir.«

Das konnte Sarah gar nicht richtig glauben. Eigentlich hatte sie gedacht, dass Dina total beliebt war. Gerade weil sie so frech und mutig daherkam. Und im Unterricht merkte man auch überhaupt nicht, dass sie geschnitten wurde. Aber es stimmte schon, heute nach den Stunden auf dem Gang oder auf dem Schulhof, da war sie tatsächlich von niemandem beachtet worden. Auch für Sarah hatte sich keiner so richtig interessiert.

»Es is wegen Nelly«, sagte Dina. »Die is total krass. Die hetzt alle gegen dich auf, wenn du ihr nich in den Kram passt.«

»Nelly?«, fragte Sarah erstaunt. »Wer ist denn das? Geht die in unsere Klasse?«

»Klar geht die in unsere Klasse«, brummte Dina.

»Und wer soll das sein?«, wollte Sarah wissen.

Ihr war nämlich kein Mädchen besonders aufgefallen. Aber vielleicht hatte das auch nur daran gelegen, dass alles so neu war.

»Na, die Blonde mit den Wallehaaren und den supertollen In-Klamotten … Würg!«

Dina legte sich die Hände um den Hals und machte ein entsprechendes Geräusch.

Sarah schüttelte den Kopf. Sie hatte immer noch keine Ahnung, wer gemeint war.

»Na, wirste schon noch sehen«, brummte Dina. »Jedenfalls: Alle hören auf sie, weil sie so toll is.« Sie verdrehte die Augen. »Ihr Vater is nämlich berühmt.«

»Berühmt?«

»Ja, stell dir vor. Er ist der Gitarrist der *Crazy Bones.*«

»Echt?« Sarahs Augen leuchteten auf. Bei einem berühmten Vater hatte sie eigentlich eher an einen Arzt oder Politiker gedacht, aber doch nicht an einen richtigen Popstar. »Ist ja cool!«

»Das finden die anderen auch. Aber vor allem Nelly selbst.« Dinas Tonfall war abfällig. »Ich konnte die dumme, eingebildete Zicke von Anfang an nich leiden. Mittlerweile hass ich sie total. Aber genau das is der Fehler.«

»Wieso?«, fragte Sarah.

»Na, is doch ganz einfach«, erwiderte Dina. »Niemand darf Nelly hassen. Alle müssen sie lieben. Wenn du sie liebst und tust, was sie will, dann is alles voll okay.«

»Versteh ich nicht«, sagte Sarah kopfschüttelnd. »Es gibt doch immer welche, die einen nicht mögen.«

»Nich bei der Kuh. Die wollte, dass ich ihr Sardinen aus der Küche klau. Die wird nämlich krank, wenn sie diese Fischlein nich regelmäßig serviert kriegt. Dabei gibt's hier jeden Montag Sardinenfutter. Zu Mittag und zu Abend. Na ja, womöglich hält diese beknackte Nelly sich auch für eine Nachfahrin vom alten Sardinenkönig. Ts.« Dina tippte sich geräuschvoll an die Stirn.

Sarah schüttelte sich. Wenn sie eines hasste, dann waren es Fische. Zumindest, wenn sie sie essen sollte.

»Das hab ich natürlich nich gemacht«, erzählte Dina weiter. »Ich bin ja nich bekloppt und lass mich für so eine erwischen. Na ja, und schwupps! – schon war ich bei Nelly Popelli untendurch.«

»Aber es muss doch irgendjemanden geben, der zu dir hält«, meinte Sarah.

»Nee, gib's nich.« Dina seufzte. »Ich glaub, die können mich alle nich so richtig gut leiden.« Sie legte Sarah einen Arm um die Schulter und blickte sie treuherzig an. »Du bist jetz die einzigste Freundin, die ich hab.«

Eine schreckliche Nacht und eine unerhörte Tat

»Du lieber Himmel! Da bist du ja!«, rief Frau Kasewinkel. Aufgeregt stöckelte sie auf Sarah und Dina zu, die gerade die Eingangshalle des Internatstraktes betraten. »Ich habe mich fast um den Verstand gesucht. Wo warst du denn? Du solltest doch gleich nach dem Unterricht zu mir ins Sekretariat kommen.«

»Ich weiß.«

Sarah senkte den Kopf und durchforstete ihre grauen Zellen nach einer passenden Entschuldigung. Aber Dina kam ihr zuvor.

»Das is meine Schuld. Ich hab ihr alles gezeigt und so.«

Die Sekretärin seufzte auf. »Und ich habe mir solche Sorgen gemacht.« Sie warf einen Blick in einen der großen Spiegel mit dem vergoldeten Schnörkelrahmen und seufzte noch einmal. »Du lieber Gott! Wie ich aussehe!« In der Tat: Der rote Lippenstift war einen halben Millimeter verrutscht und auch ihre hoch aufgesteckten Haare schienen bei genauerem Hinsehen ein wenig zerzaust zu sein …

»Ich muss mich erst einmal wieder in Ordnung bringen«, sagte Frau Kasewinkel atemlos. Sie wandte sich an Dina. »Frau Buchstedt sitzt in ihrem Büro. Du weißt ja, wo das ist. Der Herr Direktor ist leider immer noch nicht zurück.«

»Der hat doch überhaupt nix mit dem Internat zu tun«, raunte Dina Sarah zu. »Aber das kapiert die nich. Ich glaube, die himmelt den an.«

Nachdem die Sekretärin in einem der Toilettenräume verschwunden war, durchquerten die beiden Mädchen die Halle, die fast wie die einer echten Burg aussah. Der Fußboden bestand aus breiten dunklen Holzdielen und die Wände waren nur grob verputzt, sodass hier und da noch ein paar der großen, grauen Mauersteine hervorschauten. An der Decke hing ein gewaltiger Kronleuchter und an den Wänden standen schwere, alte Holztruhen mit rostigen Eisenverschlägen und riesigen Schlüssellöchern. Nur die moderne Infowand, die zwischen zwei Spiegeln hing und an der die Internatsbewohner jede Art von Mitteilungen heften konnten, fiel aus dem Rahmen.

»Frau Buchstedts Büro ist genau gegenüber«, sagte Dina und hakte sich bei Sarah unter. »Hoffentlich kommst du zu mir ins Zimmer. Wenn wir ein bisschen zusammenrücken, passt da glatt noch ’n Bett rein.«

»Wie viele schlafen denn zusammen in einem Raum?«, fragte Sarah.

»Zwei oder drei. Das is echt irre hier. Du wirst schon sehen.«

Gerlinde Buchstedt war eine drahtige Frau mit kurzen hellbraunen Haaren und kleinen blitzenden grauen Augen.

»Du bist also Sarah Wiedener«, sagte sie freundlich. Sie stand von ihrem Schreibtischplatz auf und schüttelte Sarah die Hand. »Willkommen auf der Burg.« Dann wandte sie sich Dina zu. »Und du hast ihr wohl schon alles gezeigt, was?«

Dina schüttelte den Kopf. »Nich die Burg, bloß die Umgebung und so.« Dann setzte sie einen Bettelblick auf. »Können Sarah, Tini und ich zusammen in ein Zimmer?«

»Das wird leider nicht gehen«, erwiderte Frau Buchstedt und hob bedauernd die Schultern. »Erstens ist euer Zimmer nur für zwei möbliert und zweitens ist es auch so schon recht klein, findest du nicht?«

»Und wenn wir umziehen«, schlug Dina vor. »In ein größeres?«

Doch auch hier wollte die Internatsleiterin nicht zustimmen. »Du weißt doch, dass der Südflügel gerade renoviert wird«, sagte sie. »Erst wenn der fertig ist, werden die Karten neu gemischt. Und bis dahin bleibt jeder, wo er ist.«

»Aber …«, wandte Dina sofort ein.

Weiter kam sie nicht, denn Frau Buchstedt war noch nicht fertig.

»Sarah kommt also in ein Zimmer, in dem ohnehin noch ein Bett frei ist.«

»Und in welches?«, fragte Dina.

»In das von Jane und Nelly.«

»Aber …«, versuchte Dina erneut zu widersprechen, doch Frau Buchstedt ließ sie gar nicht erst richtig zu Wort kommen.

»Es ist nun mal das einzige Zimmer, in dem noch ein Bett frei ist«, betonte sie. »Außerdem sind Jane und Nelly doch sehr nett.«

Sie nickte den Mädchen zu und bedeutete ihnen, ihr zu folgen.

Dina hakte sich bei Sarah unter und verdrehte die Augen. »Also, wenn Nelly nett is, dann is der Knochen die absolute Güte in Person.«

»Und Jane?«, fragte Sarah leise. »Wie ist die?«

»Ach die!« Dina machte eine abwinkende Handbewegung. »Die macht, was Nelly sagt. So wie alle.«

Das Zimmer war L-förmig geschnitten, recht geräumig und eigentlich ganz hübsch, fand Sarah. Es lag am Ende des Ganges vom Ostflügel und hatte ein großes und ein etwas kleineres Fenster zum Park hinaus. Die Wände waren in einem zarten Gelb gestrichen und die Möbel aus einem hellen freundlichen Holz.

Das große Fenster befand sich gegenüber der Tür

und direkt darunter stand ein Bett, das offensichtlich Nelly gehörte, denn an der Wand daneben hingen lauter Poster von den *Crazy Bones*.

Sarah linste auf den Gitarristen. Er sah irgendwie ziemlich merkwürdig aus, recht jung mit großen blauen Augen, weiß gebleichten Haaren und etlichen Piercings in der Nase und den Augenbrauen.

»So«, sagte Frau Buchstedt und deutete nach rechts, »das da ist dein Bett.«

Es befand sich sozusagen in der Fußspitze des Ls und damit im dunkelsten Teil des Zimmers. Nelly bewohnte die Wade und Jane den Knöchel und das Fersenteil, in dem sich das kleinere Fenster befand. Die einzelnen Zimmerabschnitte waren durch zwei große Regale getrennt, die die Mädchen sich untereinander aufteilen mussten.

»Natürlich wird Jane dir noch ein wenig Platz machen«, meinte die Internatsleiterin. »Sie kann problemlos ein paar ihrer Sachen zu Nelly ins Regal stellen.«

Sarah betrat ihren Zimmerteil und nickte. Jedes Mädchen besaß einen schmalen Kleiderschrank, eine kleine Nachttischkommode und einen eigenen Schreibtisch. Das Regal, welches sie sich mit Jane teilen sollte, war bis zur Decke mit Büchern, Pflanzen und Kuscheltieren voll gestopft. Nellys war dagegen total leer.

»Kein Wunder, dass es in deiner Ecke so dunkel is«, zischte Dina Sarah zu. Kopfschüttelnd ließ sie ihren

Blick über die vielen Bücher wandern. »Ich hätt glatt gewettet, dass Jane überhaupt nich lesen kann. Was die sich nämlich immer so zusammenstottert.«

Plötzlich wurde die Tür aufgerissen und zwei Mädchen stürmten herein. Als sie Frau Buchstedt, Sarah und Dina bemerkten, blieben sie wie angewurzelt stehen.

»Was ist denn hier los?«, platzte die eine sofort heraus.

Sie war groß und braun gebrannt, hatte ganz helle Augen und meterlange, sanft gewellte blonde Haare und rosafarben geglosste Lippen. Nach dem, wie Dina sie vorhin beschrieben hatte, musste das Nelly sein. Und jetzt erinnerte Sarah sich auch, dass sie ganz hinten in der Klasse zwischen einem Haufen tuschelnder und kichernder Weiber gesessen hatte.

»Ihr bekommt eine neue Zimmergenossin«, sagte Frau Buchstedt und legte Sarah eine Hand auf den Rücken. »Dies ist Sarah Wiedener.«

»Das weiß ich«, blaffte Nelly. Sie ging zu ihrem Bett hinüber, ließ ihre Tasche auf den Boden plumpsen und schaute mit über der Brust verschränkten Armen aus dem Fenster.

»Na, umso besser«, erwiderte die Internatsleiterin lächelnd. »Dann kennt ihr euch also schon.«

»Ph!«, machte Nelly. Sie warf den Kopf in den Nacken und machte keinerlei Anstalten, sich zu den anderen herumzudrehen.

Sarah starrte auf den hellblauen Teppichboden.

Am liebsten wäre sie auf der Stelle aus dem Zimmer gerannt.

Es nützt überhaupt nichts, vor den Problemen davonzulaufen, hörte sie ihre Oma sagen. *Sie holen einen ohnehin immer wieder ein.*

Sarah biss die Zähne aufeinander und ließ sich auf ihr Bett sinken. Natürlich würde sie nicht abhauen. Wohin auch?

»Meine Sachen müssen aber da bleiben«, sagte Jane und nickte zu dem Regal hin, das ihren Teil von Sarahs trennte. »Ich weiß sonst nämlich nicht, wohin mit dem ganzen Zeug.«

Jane war etwas kleiner und stämmiger als Nelly. Sie hatte ein rundes Gesicht, grüne Augen und kurze dunkle Haare mit einer langen pinkfarbenen Ponysträhne.

Frau Buchstedt schüttelte den Kopf. »Du weißt, dass das nicht geht«, sagte sie energisch.

»Aber bei mir kann es auch nicht rein«, knurrte Nelly. »Wenn ich die Zimmertür nicht sehe, krieg ich die Panik.«

»Nun übertreib mal nicht«, erwiderte die Internatsleiterin. »Ein bisschen Platz wirst du schon noch opfern können.« Sie wandte sich Sarah zu. »Ich bin sicher, ihr werdet euch ganz schnell aneinander gewöhnen. Und wenn du mal Hilfe brauchst, dann wendest du dich einfach an Rabea. Sie hat die Aufsicht über den Mädchentrakt und bewohnt das Einzelzimmer ganz vorne im Gang.«

Dina hatte die ganze Zeit auf Sarahs Bett gesessen und ihr dabei zugeschaut, wie sie ihre Sachen in die zweieinhalb Regalfächer einsortierte, die Jane murrend frei geräumt hatte. Danach waren die beiden Mädchen durch die Burg gelaufen und hatten sich alles angeschaut:

Die Waschräume, den Dachboden, der riesig und voller alter verstaubter Möbel und Spinnweben war, die Bibliothek, in der es zwei Computer mit Internet-Anschluss gab und deren Regale vor Büchern und Spielen überquollen, die Küche, den Speisesaal und den Aufenthaltsraum, der direkt neben der Bibliothek lag und in dem man ebenfalls spielen, lesen, Hausaufgaben machen oder Fernsehen gucken konnte. An diesem Nachmittag herrschte bei dem schönen Sommerwetter allerdings gähnende Leere darin.

»Und jetzt ab in den Keller«, sagte Dina. Sie nahm Sarah bei der Hand und zog sie wieder auf den Gang hinaus.

»In den Keller? Was ist denn da noch?«

»Tischtennis«, erwiderte Dina.

»Och, das kannst du mir doch auch später noch zeigen«, murrte Sarah. Sie hatte keine Lust mehr, noch länger in der Burg herumzurennen. Die Sonne lockte sie nach draußen. Außerdem gab es einen ganzen Berg Hausaufgaben zu erledigen. Und Sarah musste schließlich auch noch den versäumten Stoff der ersten Tage nachholen.

»Nee, nee.« Dina schüttelte energisch den Kopf.

»Das machen wir jetz. Dauert ja auch gar nicht lange.«

Zielstrebig steuerte sie auf die ausgetretene Holztreppe zu, die nach unten führte. Sarah folgte ihr widerstrebend in einen kleinen dunklen Vorraum, von dem zwei Türen abgingen.

»Dahinter sind die Waschmaschinen«, erklärte Dina und deutete auf eine nachträglich eingebaute Stahltür. »Mit Trockenräumen und allem Pipapo. Und hier …« Sie öffnete die Holztür auf der gegenüberliegenden Seite, »kannste sporten und abtanzen.«

»Toll«, murmelte Sarah.

Im Augenblick wollte sie weder das eine noch das andere. Aber was blieb ihr anderes übrig, als Dina zu folgen? Sarah wollte die neue Freundin auf keinen Fall verärgern. Jedenfalls nicht gleich am ersten Tag. Nacheinander betraten sie drei Räume. Der erste war der größte. Unter die Decke war ein Netz gespannt, das mit Lichterketten und bunten Plastikfischen geschmückt war. An der hinteren Wand gab es einen Tresen aus alten Holzfässern, mit eingebautem Kühlschrank, einer Hifi-Anlage und einem Glasschrank voller CDs. An einer Wand standen ein paar Tische und Stühle herum und außerdem gab es noch eine Landschaft aus bunten Bodenkissen, die ziemlich kuschelig wirkte.

»Disco is jeden Freitag und Samstag«, sagte Dina und verzog das Gesicht. »Da hängen aber bloß die

Großen hier ab. Ansonsten wird das hier tagsüber auch von allen als Gemeinschaftsraum benutzt.«

»Apropos Große«, meinte Sarah. »Wie ist diese Rabea eigentlich so?«

»Ach, die is eigentlich voll in Ordnung«, sagte Dina. »Lässt uns machen und mischt sich nich groß ein. Aber wenn mal was is, entscheidet sie total gerecht.«

Der nächste Raum entpuppte sich als Fitnessstudio. Es gab zwei Ergometer, einen Stapel Matten und ein Regal voller Hanteln, Latexbändern und allerlei anderen Folterinstrumenten, die Sarah noch nie gesehen hatte.

»Eigentlich is der immer abgeschlossen«, wunderte Dina sich. »Training is nämlich nur unter Aufsicht.«

Sie machte die Tür zu und steuerte den letzten Raum an. Zu Sarahs großer Überraschung herrschte hier richtig Betrieb. Genau in der Mitte stand eine Tischtennisplatte, an deren Enden Marvin und ein sehr viel älterer Schüler hin- und herhüpften und den Ball gekonnt über die Platte trieben. Tockatockatack!

»Schulmeisterschaften«, sagte Dina nur, zog Sarah in den Raum und schloss die Tür.

»Aber ...«, wollte sie protestieren, doch sie merkte gleich, dass das völlig sinnlos war.

Wie magnetisiert und ohne weiter auf Sarah zu achten, quetschte Dina sich an ihren Mitschülern vorbei, die auf den Turnbänken rund um die Tischtennisplatte herumhockten. Sie besetzte den ersten freien Platz und heftete ihren Blick auf Marvin.

Nelly und Jane waren natürlich auch da. Sie saßen genau hinter Marvin und feuerten ihn nach Leibeskräften an. Dina hatten sie überhaupt nicht beachtet, doch als Sarah gerade an Jane vorbei war, stolperte sie plötzlich und stürzte beinahe der Länge nach hin – wenn Nelly sie nicht im allerletzten Moment noch abgestützt hätte.

Die beiden Mädchen sahen sich an. Nelly lächelte. Es war ein gemeines Lächeln und Sarah hätte schwören können, dass es Janes Fuß gewesen war, der just in dem Augenblick, als sie an ihr vorbeiging, zwischen ihre Beine geschnellt war.

Trotzdem presste sie ein »Danke« hervor. Immerhin musste sie es mit Nelly und Jane in einem Zimmer aushalten. Und da war es wohl besser, wenn Sarah deren Boshaftigkeiten erst einmal gar nicht beachtete. Irgendwann, wenn die beiden merkten, dass sie sich davon nicht beeindrucken ließ, würde es ihnen bestimmt langweilig werden.

Nach knapp zehn Minuten hatte Marvin sein Match verloren und Dina und Sarah verließen den Keller des Internats, um ihre Hausaufgaben zu machen.

»Das war total unglücklich«, sagte Dina. »Fast hätte der Ball die Platte noch berührt. Und dann hätte Dennis ihn nich mehr gekriegt.«

Sarah zuckte die Achseln. Sie verstand nichts von Tischtennis. Überhaupt war Sport nicht unbedingt ihr Ding.

»Vielleicht sollte ich ihm einen Brief schreiben«, überlegte Dina.

»Was für einen Brief?«, fragte Sarah.

»Nich, was du denkst«, sagte Dina. Sie boxte Sarah in die Seite und hatte auf einmal knallrote Backen. »Einen Trostbrief.«

»Ach so«, sagte Sarah und verstand nun gar nichts mehr.

»Er is bestimmt total fertig«, fuhr Dina fort. »Und da braucht er doch jemand, der ihn versteht.«

»Ich finde, wir sollten jetzt erst mal unsere Hausaufgaben machen«, meinte Sarah.

Ihr fiel es schwer, Dinas Gedankengängen zu folgen. Sarah hatte nämlich überhaupt nicht das Gefühl, dass Marvin Trost brauchte. Okay, natürlich hatte er sich über sein Missgeschick geärgert. Aber nachdem seine Wut verraucht war, hatte er diesem Kevin ganz normal gratuliert und ihm gewünscht, dass er ins Halbfinale kommt.

»Ja, ja«, brummte Dina und blätterte unwillig in ihrem Mathebuch. »Ich hab das sowieso nicht kapiert. Was eine Gleichung mit einer geometrischen Form zu tun hat, is mir schon immer ein Rätsel gewesen.«

»Das war bei mir am Anfang auch so«, murmelte Sarah, während sie sich die Aufgaben anschaute, die ihnen Frau Mailander für den nächsten Tag aufgegeben hatte. »Aber irgendwann hat's Klick gemacht und dann war 's plötzlich ganz einfach.«

»Ich glaube, Marvin is ziemlich gut in Mathe«, sagte Dina und betrachtete verträumt die Aufgabenblätter. »Kannste ihn nich mal fragen, ob er mir Nachhilfe gibt?«

»Aber ich kann dir doch auch helfen«, erwiderte Sarah und biss sich prompt auf die Lippen, als ihr plötzlich klar wurde, dass Dina bloß einen Vorwand suchte, um mit Marvin in Kontakt zu kommen.

»Ich glaube nämlich, die blöde Zicke hat ihn auch schon gefragt.«

»Wen meinst du?«, fragte Sarah erstaunt.

»Na, wen wohl?« Dina schüttelte den Kopf. »Nelly natürlich. Die Kuh is nämlich auch in ihn verknallt.«

Oje, dachte Sarah. Das konnte ja heiter werden!

»Mensch, Dina«, sagte sie. »Vergiss nicht: Ich bin mit Nelly und Jane zusammen in einem Zimmer.«

»Na und«, erwiderte Dina. »Du bis doch aber *meine* Freundin, oder?«

Dieser Satz hallte Sarah noch in den Ohren, als sie gegen halb neun im Bett lag und versuchte, sich auf ihr Buch zu konzentrieren.

Klar, sie war ja selber auch froh, dass sie Dina hatte. Aber richtige Freundschaft, das dauerte doch ein bisschen. So etwas musste sich entwickeln. Sarah war einfach nicht der Typ, der so schnell Vertrauen fasste und ein anderes Mädchen gleich am ersten Tag ihre Freundin nannte.

Sie machte sich Vorwürfe, dass sie Dina nicht sofort gesagt hatte, was sie darüber dachte. Eigentlich wäre das nur fair gewesen. Andererseits wollte Sarah Dina auch nicht so vor den Kopf stoßen. In solchen Dingen war sie immer vorsichtig.

»Was liest du denn da?«, fragte plötzlich Nelly über ihr.

Sarah fuhr zusammen. Sie hatte überhaupt nicht mitgekriegt, dass die Zimmergenossin sich ihrem Bett genähert hatte.

»Ach, das ist eine Geschichte über Delphine«, sagte Sarah und atmete einmal tief ein und aus, damit Nelly nicht merkte, wie sehr sie sich erschreckt hatte.

»Wie interessant«, spottete Nelly. »Hast du gehört, Jane? – Über Delphine.« Sie griff nach Sarahs Buch und riss es ihr aus der Hand. »Wir können keine Streberin in unserem Zimmer gebrauchen, kapiert?«

»Aber wieso denn? Das ist doch ein Roman über eine Familie, die nach Amerika ausgewandert ist, und hat überhaupt nichts mit Bio zu tun.« Sarah versuchte sich das Buch zurückzuholen.

Doch Nelly presste es mit überkreuzten Armen gegen ihre Brust. »Vergiss es! Das kriegst du erst wieder, wenn du ein paar Aufgaben erledigt hast … Zum Beispiel …«, sie leckte sich genüsslich über die Lippen, »… mir ein paar Büchsen Sardinen besorgen. Nur einmal pro Woche Fisch ist mir viel zu wenig.«

»Du spinnst ja«, sagte Sarah. »Wo soll ich die denn hernehmen?«

»Och«, erwiderte Nelly. »Die gibt's in der Küche. Oder im Supermarkt. Ein bisschen Taschengeld hast du doch bestimmt.«

Sarah schlug die Bettdecke zurück. Was bildete sich diese dumme Zicke eigentlich ein? Sollte Sarah etwa für sie zur Diebin werden? Nur weil die Dame mit dem berühmten Gitarristen-Vater nicht einen Tag ohne Sardinen auskommen wollte? Nee, nee, so einfach wollte sie sich das nicht gefallen lassen.

»Das ist mein Buch und ich werde gar nichts tun«, schnaubte sie. »Im Gegenteil, du wirst es mir sofort zurückgeben, sonst ...«

Nelly ließ sie nicht ausreden. »Petze!«, schnaufte sie und wandte sich ihrer Freundin zu. »Jane, schließ mal die Tür ab.«

Sarah spürte richtig, wie sie bleich wurde.

»Was habt ihr vor?«, fragte sie leise.

»Überhaupt nichts, du Schisserin«, lachte Nelly. »Wofür hältst du uns? Wir wollen nur nicht, dass du zu Rabea rennst, klar?«

»Das hatte ich doch gar nicht vor«, verteidigte Sarah sich. »Ich kann mich auch selber wehren.«

Nelly kriegte sich überhaupt nicht mehr ein vor Vergnügen. »Hast du das auch gehört, Jane? Oder hab ich etwa Krokant auf dem Trommelfell?« Sie verpasste Sarah einen kräftigen Stupser gegen das Brustbein, sodass sie auf ihr Bett zurückfiel.

»Mensch, was soll das?«, schnaufte Sarah wütend.

Sie wollte aufspringen, aber Nelly drückte sie sofort wieder auf die Matratze zurück.

»Schlafen natürlich«, sagte Jane, die inzwischen die Tür abgeschlossen und den Schlüssel unter ihr Kopfkissen gestopft hatte. »In einer halben Stunde gehen hier die Lichter aus.«

»Und was ist, wenn ich mal aufs Klo muss?«, fragte Sarah.

»Musst du nicht«, erwiderte Nelly.

Grinsend strich sie Sarah über den kastanienbraunen Haarschopf.

»Und jetzt mach die Augen zu und schlaf schön. Von deinen Delphinen hier …«, sie schwenkte das Buch noch einmal kurz über Sarahs Nase und schleuderte es dann in hohem Bogen auf ihr eigenes Bett hinüber, »… kriegst du garantiert keine Albträume.«

Nelly behielt Recht: Sarah träumte nicht nur nicht schlecht, sie träumte überhaupt nicht. Und das lag in der Hauptsache daran, dass sie einfach nicht einschlafen konnte. Während Jane und Nelly, bereits wenige Minuten nachdem das Licht ausgegangen war, wohlige Schnarch- und Grunzlaute von sich gaben, wälzte Sarah sich von einer Seite auf die andere.

Sie dachte an zu Hause. An Oma, an ihre alte Schule und an ihre Freundinnen. Als ob sie sich ein Video anschaute, sah Sarah, wie Birte, Lisa und Pauline auch ohne sie zusammenstanden, miteinander lachten und durch die Gegend zogen. Die vier Mädchen hatten sich einfach wunderbar verstanden und Sarah war sich hundertprozentig sicher, dass sie solch gute Freundinnen nie, nie wieder finden würde. In dieser blöden *Sardinenburg* schon gar nicht.

Denn hier schienen ganz andere Gesetze zu herrschen als draußen in der normalen Welt. Und sie, Sarah, war gleich am ersten Tag zwischen die Fronten geraten.

Ihre Augen fingen an zu brennen und ihr Hals wurde furchtbar eng. Sarah konnte kaum noch schlucken und schließlich kullerte die erste Träne über ihre Backe. Sofort drückte sie ihr Gesicht ins Kopfkissen, damit Nelly und Jane nicht wach wurden und sie schluchzen hörten.

Eine ganze Weile weinte Sarah leise vor sich hin, dann kam sie sich mit einem Mal furchtbar albern vor. Okay, das war zwar nicht unbedingt das Schlaraffenland, in das sie hier hineingeraten war, aber deshalb musste sie auch nicht gleich verzweifeln. Ihre alten Freundinnen waren schließlich nicht aus der Welt. Sie konnte ihnen schreiben oder mit ihnen telefonieren, sooft sie Lust dazu hatte.

Energisch wischte sie sich die Tränen an einem Bettdeckenzipfel ab und spähte auf das Zifferblatt ihres Weckers. Ein Uhr siebzehn. Oje, oje! Wenn sie nicht bald einschlief, würde sie morgen garantiert den halben Unterricht verdösen.

Sarah schloss die Augen und kuschelte sich in ihr Kissen. Sie versuchte ruhig und gleichmäßig zu atmen und an gar nichts mehr zu denken. Doch das half nichts. Denn nun hörte sie ihr Herz klopfen. Und außerdem musste sie pinkeln.

So ein Mist! Was sollte sie denn jetzt nur tun?

Sarah setzte sich auf und schlüpfte in ihre Hausschuhe. Unschlüssig sah sie zu Jane hinüber. Ihre Klassenkameradin lag auf der Seite, ziemlich dicht an der Wand. Wenn sie den Zimmerschlüssel nicht allzu weit unter das Kopfkissen geschoben hatte, hatte Sarah vielleicht eine Chance, ihn darunter hervorzuziehen, ohne dass Jane wach wurde.

Sarah versicherte sich, dass auch Nelly tief und fest schlummerte. Dann tapste sie leise auf Janes Bett zu und schob ihre Hand vorsichtig unter das Kopfkissen. Als ihr Arm bereits bis zum Ellenbogen darunter verschwunden war, gab Jane plötzlich einen lauten Seufzer von sich, schleuderte ihr Bein in hohem Bogen über die Bettdecke und drehte sich auf die andere Seite.

Sarah blieb fast das Herz stehen. Jane lag nun genau auf ihrer Hand. Zum Glück war sie aber nicht aufgewacht, sondern schnarchte noch immer fröhlich vor sich hin.

Sarah tastete weiter nach dem Schlüssel, aber Jane wurde immer unruhiger. Sie stöhnte und warf sich auf den Rücken. Dann begann sie auch noch mit den Armen zu rudern und verpasste Sarah dabei einen kräftigen Stupser auf die Nase.

»Autsch!«

Sarah zuckte zurück. Und Jane riss die Augen auf.

Oh, nein!, dachte Sarah entsetzt. Jetzt ist alles aus!

Sie starrte Jane an und wartete darauf, dass die jede Sekunde zu schreien anfing. Aber nichts dergleichen passierte. Jane klappte ihre Lider einfach wieder zu und kuschelte sich lächelnd in ihr Kissen.

Sarah seufzte erleichtert. So vorsichtig wie es eben ging, zog sie ihren Arm unter Janes Kopf hervor. Denn soviel war klar: Den Schlüssel konnte sie vergessen. Der Druck auf ihre Blase verstärkte sich allerdings von Minute zu Minute. Wenn sie nicht langsam eine Kloschüssel unter den Hintern bekam, dann würde sie wohl oder übel einen feuchten Fleck auf dem Teppich hinterlassen.

Sarah musste sich also dringend was einfallen lassen. Langsam richtete sie sich auf und schaute sich im Zimmer um. Ihr Blick wanderte über die Regale. Doch leider fand sie nichts, was auch nur im Entferntesten an ein Glas, eine Vase oder einen Topf erinnerte. – Mist! Mist! Mist!

Sie dachte an Dina, die diese Situation bestimmt saukomisch finden und sich halb tot lachen würde, und plötzlich fiel ihr die Colaflasche, die auf dem Boden neben Nellys Bett stand, ins Auge.

Vergiss es, das kannst du nicht bringen, dachte Sarah. Ihre Oma, die sich so viel Mühe mit ihrer Erziehung gegeben hatte, würde vor Entsetzen glatt in Ohnmacht fallen, wenn sie auch nur ahnte, was ihrer

Enkelin da gerade für eine unerhörte Idee durch den Kopf geschossen war.

Doch es half nichts. Sarah konnte nicht mehr länger anhalten. Und schließlich war es ja auch nicht ihre Schuld, dass sie nicht ganz normal auf die Toilette gehen konnte.

Hastig griff sie sich die Colaflasche, die bereits über die Hälfte leer getrunken war, und zog sich damit in ihr Zimmerteil zurück. Sie drehte den Verschluss ab, spähte in die Öffnung und ließ sich entmutigt auf ihr Bett plumpsen. In diesem Fall verlangte ein einigermaßen sauberes Ergebnis schon eine fast übermenschliche Zielgenauigkeit. Und die traute Sarah sich nun wirklich nicht zu. – Ein Trichter musste her!

Aber den gab es in diesem Zimmer natürlich noch weniger als eine Vase. – Verdammt!

Doch dann kam ihr eine Idee. Sarah stürzte sich auf ihren Schulrucksack, riss ein Blatt aus ihrem College-Block, rollte es zu einem Trichter zusammen und steckte das dünne Ende in den Hals der Colaflasche. Jetzt nur noch die Hose heruntergezogen, sich darüber gehockt und losgestrullert – wunderbar!

Erleichtert schraubte Sarah den Deckel wieder auf die Flasche, stellte diese auf ihren Platz zurück und kroch unter ihre Bettdecke. Gleich morgen früh, wenn Nelly und Jane im Waschraum waren, würde sie den ominösen Inhalt durchs Fenster entsorgen.

Christopherus, Cola und Koliken

Als Sarah am nächsten Morgen erwachte, waren ihre Zimmergenossinnen bereits fix und fertig angezogen.

»Na? Haste verpennt?«, fragte Nelly hämisch. »Da wird der Knochen sich aber freuen. Den haben wir heute gleich in der ersten Stunde.«

Mit einem Satz war Sarah aus dem Bett. Sie rieb sich die Augen und starrte auf ihren Wecker, der unschuldig vor sich hin tickte. Hatte sie etwa vergessen, ihn zu stellen? – Sie wusste es nicht mehr. Und es war ja nun auch egal.

Hektisch raffte sie ihre Sachen zusammen, flitzte in den Waschraum und begnügte sich mit einer Katzenwäsche. Dann fiel ihr plötzlich die Colaflasche wieder ein. Oje, oje! Sarah schlüpfte eilig in ihre Klamotten, düste zu ihrem Zimmer zurück und rammte sich fast den Kopf an der Tür ein. Denn die war schon wieder abgeschlossen!

Wütend knallte Sarah ihre Waschsachen auf den Boden, raste in die Eingangshalle und blickte sich nach allen Seiten um. Wo zum Teufel war nochmal die Wohnung von den Buchstedts? Und wo der Speisesaal?

»Immer geradeaus!!!!«, krähte eine Stimme hinter ihr.

Zu Tode erschrocken fuhr Sarah herum und blickte geradewegs in die leuchtenden grünen Augen eines kleinen kräftigen Mannes, der offenbar gerade die Kellertreppe heraufgekommen war.

Er trug ein kurzärmeliges kariertes Hemd, eine blaue Latzhose und auf seiner Schulter hockte – ein lebendiger Papagei!

»Kann ich dir helfen?«, fragte er Sarah freundlich.

»Ich helfen! Dir helfen!«, schrie der Papagei und schlug aufgeregt mit den Flügeln.

Reflexartig trat Sarah einen Schritt nach hinten. Wer wusste schon, ob der große grüne Vogel nicht jeden Augenblick auf sie zu flattern würde?

»Christopherus, benimm dich!«, befahl sein Besitzer und zu Sarah gewandt fuhr er fort: »Suchst du jemanden Bestimmtes?«

»Ja, Frau Buchstedt.«

Der Mann deutete in Richtung Eingangstor. »Wie

ich sie kenne, ackert sie garantiert schon im Garten. Gestern hat ihr Mann eine ganze Wagenladung Astern gebracht. Die wollte sie heute einpflanzen.«

»Aha ...«, sagte Sarah. Sie hob hilflos die Schultern. »Meine Zimmertür ist nämlich abgeschlossen.«

Eine der buschigen grauen Augenbrauen des Mannes schnellte nach oben. »So, so ...«, meinte er. »Wie kann das denn angehen?«

Christopherus reckte seinen Hals nach oben und krähte: »Das denn angehen!!!!«

»Schsch!«, brummte der Mann ungeduldig, packte den Papagei am Kopf und versuchte ihm den Schnabel zuzuhalten.

Doch Christopherus entwand sich geschickt und stieß ein ohrenbetäubendes »Tatütataaaaa, die Feuerwehr ist da!« aus.

»Entschuldige bitte, ich weiß, er benimmt sich unmöglich«, sagte der Mann zu Sarah. »Das nächste Mal bleibt er im Turm.«

Daraufhin legte der Papagei seinen Kopf schief, zupfte ein wenig an den Haaren seines Besitzers und sagte mit tiefer Brummstimme: »Kobra, übernehmen Sie.«

Sarah lachte. »Der ist ja witzig«, sagte sie. »Trotzdem muss ich jetzt in mein Zimmer. Die erste Stunde fängt gleich an.«

»Natürlich, natürlich.« Der Mann lächelte und zog einen riesigen Schlüsselbund aus seiner Hosentasche hervor. »Wie gut, dass ich dir helfen kann.«

»Oh«, sagte Sarah. »Dann sind Sie bestimmt Herr Buchstedt.«

»Nein, nein.« Der Mann schüttelte den Kopf. »Ich bin nur der Hausmeister. Kegel ist mein Name.« Er zwinkerte Sarah zu. »Bist wohl brandneu hier, was?«

Noch ehe Sarah antworten konnte, eilte er bereits auf die Treppe zu. »Na, dann zeig mir mal, wo's langgeht.«

»Immer geradeaus!!!!«, kreischte Christopherus.

»Wo biste denn gewesen?«, zischte Dina.

Frederik mit den Strubbelkopfhaaren fehlte heute Morgen und da hatte Sarah sich einfach auf seinen Platz neben Dina gesetzt. Herr Knoche hatte das zwar mit einem Stirnrunzeln bedacht, aber zum Glück nichts gesagt. Sämtliche Schüler steckten mit ihren Nasen im Erdkundebuch und lasen den Abschnitt über Rügen, oder taten zumindest so. Herr Knoche thronte vorne auf seinem Stuhl und studierte die Tageszeitung.

»Ich hab den Speisesaal nicht mehr gefunden«, wisperte Sarah. »Ist alles so groß hier.«

»Oh, shit, verdammich«, brummte Dina. »Dann haste ja noch gar nich gefrühstückt.«

»Das macht nichts«, flüsterte Sarah.

Ihr Magen fühlte sich sowieso schon so an, als ob sie einen Eimer Zement verschluckt hätte. Unentwegt kreisten ihre Gedanken um die Colaflasche. Nachdem Hausmeister Kegel ihr die Zimmertür geöffnet hatte,

hatte Sarah nämlich zu ihrem allergrößten Entsetzen feststellen müssen, dass sie verschwunden war. In irrsinniger Hektik hatte sie zwar noch alles durchsucht, aber leider hatte sie die blöde Flasche weder im Regal noch unter dem Bett oder dem Nachtschränkchen gefunden. Und Nellys Kleiderschrank war natürlich verschlossen gewesen.

»Hm, hm, hm«, machte Herr Knoche.

Er faltete seine Zeitung zusammen und kam langsam auf Sarah und Dina zu. »Da ihr schon fertig zu sein scheint, dürft ihr eure Bücher jetzt schließen und uns gleich, wenn alle zu Ende gelesen haben, erzählen, was ihr über Rügen in Erfahrung gebracht habt.«

»Sind wir doch überhaupt nich«, entgegnete Dina und klatschte die Hand auf ihr Buch, das der Erdkundelehrer gerade zuklappen wollte.

»Und warum redet ihr dann ununterbrochen?«, erkundigte sich Herr Knoche.

»Tun wir doch gar nich«, behauptete Dina.

»Nicht«, betonte der Erdkundelehrer.

Dina nickte und grinste. »Eben«, sagte sie.

Ihre Klassenkameraden fingen an zu kichern.

Nur Nelly stöhnte. »Typisch«, brummte sie. »Dauernd verdreht sie einem das Wort im Mund und immer will sie Recht haben. Dabei kann sie sich noch nicht einmal richtig ausdrücken.«

Jane nickte eifrig. »Und den Unterricht stört sie auch. Nie kann man was in Ruhe lesen. Langsam hab ich wirklich die Nase voll davon.«

»Genau«, sagte ein Mädchen mit kurzen braunen Haaren.

Das Gekicher verstummte und plötzlich waren alle Mädchen Nellys und Janes Meinung. Die Jungs zwinkerten einander zu und schwiegen.

Und Herr Knoche fühlte sich natürlich bestätigt. »Ich danke dir, Jane«, sagte er. »Du sprichst mir aus der Seele.« Er zog das Erdkundebuch unter Dinas Hand hervor und spazierte damit nach vorne an seinen Tisch. »Wenn du bitte für den Rest der Stunde hier Platz nehmen würdest ... Da kannst du dich auch viel besser auf dein Referat vorbereiten.«

Dina, die Herrn Knoche zögernd gefolgt war, starrte ihn an, als ob er gerade frisch vom Saturn gelandet war.

»Welches Referat?«

»Das über den Greifswalder Bodden im Speziellen und die Boddenlandschaft rund um Rügen im Besonderen«, erwiderte der Erdkundelehrer kühl.

»Aber ...«, stammelte Dina.

Herr Knoche ließ sie jedoch gar nicht erst loslegen. »Ich habe nicht vor, noch mehr unserer wertvollen Unterrichtszeit für deine Kindereien zu opfern. Also sei jetzt bitte still und fang an zu arbeiten«, sagte er streng.

Dina senkte den Kopf und schwieg. Gegen den Knochen war heute offenbar nichts auszurichten. Und so hielt sie lieber die Klappe und arbeitete alles, was sie wusste, in dieses kreuzdämliche Referat ein.

»Und du«, fuhr der Erdkundelehrer auf Sarah deutend fort, »du setzt dich bitte auf deinen alten Platz zurück.«

»Aber ...«, wollte auch Sarah widersprechen.

Was hieß denn schon *alter Platz*? Immerhin war sie erst seit gestern in der *Sardinenburg*. Außerdem sah sie es nicht ein, wieso sie jetzt, nachdem Dina sowieso nach vorne geholt worden war, nicht einfach bleiben konnte, wo sie war.

Die Entscheidungen ihres Erdkundelehrers waren so unergründlich wie ein tiefer morastiger Teich. Und sie blieben es auch. Herr Knoche ließ einfach keine Einwände zu. Zu allem Übel musste Sarah sich auch noch erheben und erzählen, was sie über Rügen gelesen hatte. Und das war nicht gerade viel. Oder ganz genau ausgedrückt, eigentlich gar nichts.

»Hinsetzen, sechs«, donnerte der Erdkundelehrer, nachdem er eine Weile abwartend mit den Fingerspitzen auf Sarahs Tischplatte herumgetrommelt hatte.

»Wenn Sie sie so nervös machen«, brummte Nils. »Was sollse denn da sagen?«

»Wie bitte?« Herr Knoche sah von seinem Notenbuch auf und fixierte den schmalen Jungen mit den roten Haaren und den unzähligen Sommersprossen auf der Nase mit seinem Stechblick. »Was hast du gesagt?«

»Äh ... nichts«, murmelte Nils. »Überhaupt nichts.«

»Aha«, sagte Herr Knoche. Zuerst runzelte er die

Stirn, doch dann blickte er sich mit einem triumphierenden Blick unter den Schülern um. »Im Übrigen wird jeder von euch im Laufe dieses Schulhalbjahres ein Referat machen, das dann kurz vor den Weihnachtsferien abgegeben werden muss und selbstverständlich benotet wird.«

Sarah fand es ziemlich anstrengend zwischen Marvin und Nils zu sitzen. Irgendwie hatte sie das Gefühl, dass beide sie ununterbrochen anstarrten. So ähnlich musste es sein, wenn man im Toaster geröstet wurde.

Davon abgesehen war sie natürlich auch ziemlich sauer auf Nils, weil er so feige gewesen war und dem Knochen gegenüber klein beigegeben hatte. Zum Glück war wenigstens Frau Mailander total nett. Die große schlanke Lehrerin für Mathe und Bio hatte stoppelkurz geschnittene hellblonde Haare, große graue Augen und einen pinkfarben geschminkten Mund. Sie trug flatternde graue Leinenklamotten und ein auffälliges rundes Silberamulett an einem Lederband um den Hals. Wenn sie lächelte, bogen sich ihre Mundwinkel richtig weit nach oben.

Sarah fand, dass das etwas komisch aussah, aber gleichzeitig auch ziemlich sympathisch. Aufmerksam verfolgte sie den Mathematikunterricht und stellte fest, dass sie alles gleich auf Anhieb ganz phantastisch verstand, und das tröstete sie ein bisschen über die gemeine Sechs in Erdkunde hinweg.

Zwischendurch schielte sie immer wieder zu Dina hinüber, der es viel weniger auszumachen schien, neben Frederik sitzen zu müssen als umgekehrt. Der war doch tatsächlich so weit an die Kante gerutscht, dass er halb im Durchgang saß. Angeblich, weil er Schiss hatte, sich an ihren Ohren zu stoßen. Aber auch das schien Dina kaum zu kümmern. Wenn sie ihn etwas fragen wollte, rückte sie ihm einfach auf den Pelz.

»Ach, das kenn ich schon«, meinte Dina abwinkend, als Sarah sie in der großen Pause danach fragte. »Den meisten bin ich unheimlich.«

»Unheimlich?« Verwundert schüttelte Sarah den Kopf. »Aber wieso das denn?«

»Na ja, weil ich eben so eine Elefantenhaut habe«, erklärte ihr Dina und schob sich die dunklen Kringellocken aus dem Gesicht. »Ich mach mir einfach nix draus, wenn Frederik über meine Ohren herfällt. Und weil ich so rede, wie ich eben red, und mich solche Sachen trau wie gestern beim Knochen.«

Sarah grinste, als sie daran dachte. Für sie selbst war die gestrige Erdkundestunde genauso ein Horror gewesen wie die heutige. Als sie den Greifswalder Bodden nicht erkannt hatte, wäre sie am liebsten im Boden versunken. Nicht so Dina. Die hatte ihre Strafarbeit ganz gelassen entgegengenommen und zum Schluss an der Tafel sogar noch eins draufgesetzt.

Das ist der Greifswalder Bodden und *Ich soll nicht fluchen*, hatte sie tatsächlich jeweils zehnmal geschrieben, *Ich soll beim Laufen die Füße heben* allerdings nur einmal. Danach hatte sie die Kreide in den Korb gelegt und war auf ihren Platz zurückmarschiert.

Kurz darauf war Herr Knoche dann doch noch explodiert. Er hatte so laut herumgeschrien, dass Sarah fast die Ohren abgefallen wären. »Hat irgendjemand gesagt, dass du schon fertig bist?«, hatte er gebrüllt.

Dina hatte sich hingesetzt, die Achseln gezuckt und gesagt: »Klar. Sie!«

»Willst du mir etwa unterstellen, ich litte unter Gedächtnisschwund oder wüsste nicht, was ich sage?«, hatte Herr Knoche mit puterwutrotem Gesicht geschrien.

Wieder hatte Dina bloß die Schultern gehoben. »Kapier gerade überhaupt nich, was los is.«

»*Ist!*«, hatte der Erdkundelehrer getobt. »Das heißt *ist* und nicht is, und *nicht* und nich *nich*. Wann geht das eigentlich endlich in deinen Kopf?«

»Sag ich doch«, hatte Dina erwidert. »Nich.«

Ihre Klassenkameraden hatten zwischen ihr und Herrn Knoche hin und her gestarrt. Einige hatten sich das Lachen nicht verkneifen können, was den Erdkundelehrer natürlich noch wütender gemacht hatte.

»Wieso hast du den letzten Satz nur einmal und nicht zehnmal geschrieben?«

»Weil Sie nicht gesagt haben, dass ich ihn zehnmal schreiben soll«, hatte Dina seelenruhig geantwortet.

»Das stimmt!«, hatte Marvin daraufhin gesagt.

Herr Knoche hatte sich gegen die Stirn geschlagen.

»Aber ich hab es doch nicht so gemeint. Du lieber Himmel, so etwas kann man sich doch denken.«

»Wieso denn?«, hatte Dina entgegnet und einen total unschuldigen Engelsgesichtsausdruck übergestreift. »Sie können sich doch auch nicht denken, dass ich mit is immer ist meine.«

Natürlich hatte Dina den Satz: *Ich soll beim Laufen die Füße heben* trotzdem noch neunmal anschreiben müssen. Als sie damit fertig gewesen war, hatte es zur Pause geklingelt und sie war mit einem diebischen Grinsen im Gesicht äußerst geräuschvoll aus der Klasse geschlurft.

»Du kannst froh sein, dass er dir dafür gestern nicht noch mehr aufgebrummt hat«, sagte Sarah.

»Wieso? Grinsen is doch nich verboten«, erwiderte Dina. »Und ob ich schlurf oder nich, is voll meine Sache. Das dürfen mir allerhöchstens meine Eltern verbieten.«

Irgendwie war da etwas komisch Bitteres in Dinas Stimme, fand Sarah. Vorsichtig fragte sie nach, wo Dina überhaupt zu Hause war.

»Meine Eltern wohnen in Mannheim«, sagte sie.

Mehr wollte sie offenbar nicht erzählen, denn als Sarah sich danach erkundigte, warum Dina ins Internat gekommen war, reagierte sie ausweichend. »Ach, komm, wir quasseln lieber über andres Zeug«, sagte sie, ergriff Sarahs Hand und zog sie hinter sich her.

»Jetzt musste mir erst ma erzählen, wieso de heute so spät dran warst.«

Die Mädchen hockten sich auf eine Wiese am Rand des Schulhofes.

»Ach, ich hab verpennt, weil mein Wecker nicht geklingelt hat«, brummte Sarah. »Und später, als ich aus dem Waschraum zurückkam, war das Zimmer schon abgeschlossen.«

Dina ballte die Fäuste. »Gemeine Kühe!«, schimpfte sie.

»Ach, da können Nelly und Jane doch gar nichts für«, meinte Sarah. »Wie sollten sie denn ahnen, dass ich noch bei der Morgenwäsche war?«

»Ts«, machte Dina. »Du bis vielleicht lustig. Die hätten doch bloß nachschaun müssen. Nee, nee …« Sie schüttelte energisch den Kopf, »ich sach dir, die haben das voll gewusst.«

Und wenn schon! Eigentlich war Sarah ja selber davon überzeugt, dass ihre Zimmergenossinnen sie absichtlich ausgesperrt hatten. Aber das zählte für sie nicht mehr, seitdem sie wusste, dass Nelly die Cola, die Sarah in der vergangenen Nacht auf so unappetitliche Weise verlängert hatte, möglicherweise bereits ausgetrunken hatte.

Doch als sie Dina davon erzählte, erntete sie keinesfalls Entsetzen oder Bedauern. Im Gegenteil.

Zuerst riss Dina die Augen auf und schrie: »Nee, das glaub ich nich! Du verkohlst mich doch total, jetz.« Dann schoss sie plötzlich aus dem Schneidersitz hoch und begann wie ein durchgetitschter Flummi auf und ab zu hüpfen. »Is das wahr? Is das wahr?«

»Ja, ist es, verdammt«, schnaufte Sarah und blickte finster vor sich hin. »Und ich weiß gar nicht, was daran so lustig ist.«

»Aber total!«, brüllte Dina vor Vergnügen. »Pipi für die Pissnelken. Wenn das kein Volltreffer is!« Sie schlug sich auf die Schenkel. »Mann, is das krass!«

»Du bist vielleicht blöd!«, erwiderte Sarah.

»Na und?«, erwiderte Dina. »Dann bin ichs eben.«

Mit einem lauten Rums fiel sie neben Sarah ins Gras und kriegte sich gar nicht mehr ein vor Vergnügen.

Nach der vierten Unterrichtsstunde raste Sarah wie eine Rakete aus der Klasse.

»He, warte doch!«, rief Dina ihr nach, aber Sarah wollte sich ihr dummes Gekicher wegen der Colaflasche nicht mehr länger anhören. Außerdem hatte sie was zu erledigen. Zielstrebig rannte sie zum Internatsgebäude hinüber und traf, wie erhofft, Frau Buchstedt im Garten an. Die Internatsleiterin trug eine grüne Schürze und Gummihandschuhe, die ihr bis zu den Ellenbogen reichten.

»Hallo, Sarah«, sagte sie lächelnd. »Hast du mich etwa gesucht?«

Sarah nickte japsend. »Ja, ich brauche dringend einen eigenen Schlüssel für unser Zimmer.«

»Aber du hast doch einen«, erwiderte die Internatsleiterin verwundert. »Jeder Internatsbewohner bekommt seinen eigenen Schlüssel. Er liegt in deiner Nachttischschublade. Sag bloß, du hast ihn nicht gesehen?«

Sarah spürte, wie ihr das Blut in die Wangen schoss. Oje, oje! Was war sie nur für eine Vollidiotin!

»Na ja.« Frau Buchstedt zuckte die Achseln. »Dann hab ich wohl vergessen, es dir zu sagen.« Sie schob die Unterlippe vor und schüttelte den Kopf. »Jane und Nelly hätten dich aber wirklich auch darauf aufmerksam machen können.«

Sarah nickte. Dabei war ihr eines so klar wie funkelnagelneues Glas: Ihre Zimmergenossinnen hatten ihr das natürlich absichtlich verschwiegen. Und auf einmal war sie superwütend. Zu schade aber auch, dass sie in der vergangenen Nacht nicht noch mehr Druck auf der Blase gehabt hatte und die Flasche nicht ganz bis oben hin hatte voll machen können.

»Und wie komme ich jetzt in mein Zimmer?«, fragte sie.

»Am besten, du fragst Herrn Kegel«, schlug Frau Buchstedt vor. »Weißt du, wo du ihn um diese Zeit findest?«

»Nein.«

Sarah zog die Schultern bis zu den Ohren hoch. Heute Morgen war sie dem Hausmeister schließlich eher zufällig begegnet, und wo sich seine Wohnung befand, hatte ihr Dina leider nicht gezeigt.

»Also gut.« Die Internatsleiterin streifte sich die Gummihandschuhe ab und steckte sie in ihre Schürzentasche. »Dann komm mal mit.«

»Mann, was is denn heut bloß mit dir los, Mann?«, knurrte Dina, als Sarah zusammen mit dem Gongschlag zur Klassentür hereinsegelte. »Du bis ja total schwindsüchtig, Mann.«

»Nichts«, erwiderte Sarah. »Ich hab mir nur ein paar Informationen verschafft.«

»Aha.«

»Die du mir gestern verschwiegen hast.«

»Hab ich gar nich«, behauptete Dina. »Und jetzt komm, sei nich mehr sauer.«

»Bin ich aber«, sagte Sarah und steuerte auf ihren Platz zwischen Marvin und Nils zu.

»Echt?«

»Echt.«

Dina packte Sarah am Arm. »Jetz sei nich blöd und setz dich zu mir. Is doch bloß der Knochen, dem das 'n Dorn im Auge is.«

»Wenn Frederik wieder gesund ist, muss ich sowieso zurück«, entgegnete Sarah kühl.

»Mann«, sagte Dina noch einmal. »Dann red wenigstens mal mit Marvin. Du weißt schon, wie er mich findet und so.«

»Ja, ja.« Sarah riss sich los. Im selben Moment kam auch schon Direktor Gripsholm durch die Tür, der die Klasse in Geschichte und Englisch unterrichtete.

Er war mittelgroß und sehr sportlich und er trug seine eisgrauen Haare meckikurz. Rund um seine hellbraunen Augen herum tummelten sich unzählige Lachfältchen und auf seiner kräftigen Nase saß eine Brille mit schmalen, eckigen Gläsern.

»Good morning, boys 'n girls!«, schmetterte er und platzierte seine abgewetzte braune Tasche, die über und über mit Fischstickern beklebt war, schwungvoll auf seinem Stuhl.

»Haben wir jetzt nicht Geschichte?«, fragte Jane.

»No, we haven't.« Der Direktor schüttelte den Kopf. »First we must learn our next English lesson.«

Ein Stöhnen ging durch die Klasse.

»Tomorrow we will learn a little more about our history«, sagte Direktor Gripsholm.

»Das macht der immer«, flüsterte Marvin.

Sarah zuckte richtig zusammen. Sie hatte im Traum nicht damit gerechnet, dass er sie ansprechen würde.

»Was denn?«, wisperte sie. »Alles auf Englisch sagen?«

»Das auch.« Marvin nickte. »Ich meinte allerdings, dass er die Geschichts- und Englischstunden hin und her tauscht, wie er gerade lustig ist.«

»Ah«, sagte Sarah und starrte vor sich hin.

Irgendwie konnte sie Marvin gar nicht richtig angucken. Andererseits fühlte sie sich auf seltsame Weise gezwungen, mit ihm zu reden.

»Geht eure Tischtennisweltmeisterschaft heute eigentlich weiter?«, fragte sie leise.

»Schulmeisterschaft meinst du wohl«, erwiderte er. »Nee, damit ist erst mal ein paar Tage Pause.«

Sarah spürte, wie ihr das Blut in die Birne schoss. Weltmeisterschaft hatte sie gesagt. Oje, was für eine peinliche Übertreibung! Doch Marvin hatte sie eigentlich ganz normal korrigiert. Er hatte überhaupt nicht besserwisserisch geklungen.

Plötzlich konnte sie ihn doch anschauen. Sarah sah sein offenes Gesicht und seine klaren Augen und auf einmal wusste sie: Der war einfach so. Er sah nett aus und er war nett. Zu jedem und natürlich auch zu Dina. Wahrscheinlich brauchte sie sich darauf gar nichts Besonderes einzubilden.

Die sah das allerdings vollkommen anders.

»Okay, Marvin is okay«, gab sie zu. »Sonst fänd ich ihn ja auch gar nich so toll. Aber weil er eben echt total nett zu allen is, isses ja grade auch so schwierig rauszufinden, ob er mich besonders mag. Und das musste ihn einfach fragen.«

»Na gut«, sagte Sarah. »Morgen frag ich ihn.«

Das fand Dina natürlich viel zu spät, aber Sarah ließ sich trotzdem nicht dazu überreden, Marvin noch heute darauf anzuquatschen.

»Ich hab meine Sachen noch gar nicht fertig eingeräumt«, sagte sie. »Ich muss meine Oma anrufen und die Hausaufgaben sind auch nicht ohne.«

»Sag doch gleich, dass du dich nich traust«, knurrte Dina.

»Quatsch«, sagte Sarah. Sie kramte ihren Schlüssel hervor und schloss die Zimmertür auf. »Na ja, vielleicht ein bisschen«, gab sie schließlich zu.

Die Mädchen traten ins Zimmer und machten die Tür hinter sich zu. Jane und Nelly waren nicht da.

»Zum Glück«, meinte Dina und musterte die Regalwand, die Sarah und Jane sich teilen sollten. »Ziemlich ungerecht, findest du nich?«

Von insgesamt sieben Brettern standen Sarah nämlich ganze zweieinhalb zur Verfügung.

»Ach, ich hab ja eh nicht so viel Zeug«, entgegnete sie.

»Also, ich würd mir das nich gefallen lassen, echt«, sagte Dina und ließ sich aufs Bett plumpsen.

Sarah zuckte die Schultern und fing an, ihre Schulsachen aus dem Rucksack zu räumen. »Womit sollen wir anfangen?«, fragte sie. »Mathe oder Englisch?«

»Am liebsten gar nich«, sagte Dina und gähnte. »Ich will erst mal wegen Marvin quatschen. Is nämlich ziemlich blöd, wenn du dich nich traust.«

Sarah stöhnte leise. Allmählich ging Dina ihr mit diesem Thema ganz schön auf den Wecker. »Jetzt reg dich nicht auf«, brummte sie. »Ich mach das schon.«

»Ich reg mich gar nich auf«, brummte Dina zurück. »Aber du verstehst einfach nich, dass mir das echt total wichtig is.«

»Doch, das versteh ich«, erwiderte Sarah, während sie ihr Mathebuch aufschlug und nach der Seite mit den Hausaufgaben suchte. »Trotzdem fänd ich es besser, wenn du ihm einen Brief schreiben würdest. Den könnte ich ihm dann ja auch geben.«

»Weißte was«, sagte Dina. »Du kannst mich mal!«

Und ehe Sarah sich versah, war sie bereits aus dem Zimmer verschwunden.

Dina erschien nicht zum Abendessen und so saß Sarah ganz alleine neben Tini, die mit Dina in einem Zimmer wohnte. Die beiden Mädchen blickten sich nur kurz an und anschließend schweigend vor sich hin. Eine Weile lauschte Sarah dem allgemeinen Gemurmel und Geklapper und schließlich den anderen Mädchen am Tisch, die sich über die Tischtennisschulmeisterschaft unterhielten, von Marvin schwärmten und über die Siebtklässlerinnen herzogen, die offensichtlich durch die Bank in Marvin verknallt waren.

Sarah seufzte. In ihrer alten Klasse hatte es so etwas nicht gegeben. Da war niemand in einen anderen verliebt gewesen und im Grunde hatten sie sich alle ganz gut verstanden. Die Mädchen mit den Jungen und umgekehrt. Plötzlich sah Sarah all ihre alten Klassenkameraden vor sich und ein dicker Klumpen wuchs in ihrem Bauch. Sie ließ Messer und Gabel auf den halb leer gegessenen Teller sinken und wischte sich mit der Serviette über den Mund.

»Bist du schon satt?«, fragte Tini erstaunt.

Sie war ziemlich klein und dünn und hatte schnurglatte blonde Haare, die mit unzähligen kleinen Glitzerklemmen aus ihrem Gesicht gehalten wurden.

Sarah nickte. »Irgendwie schon. Ich hab grad an meine Freundin zu Hause gedacht.«

»Ja, das kenn ich«, erwiderte Tini. Sie lächelte Sarah freundlich an. »Am Anfang hatte ich auch totales Heimweh. Aber inzwischen ist es nicht mehr so schlimm.«

»Na ja, du kennst hier mittlerweile auch alle«, meinte Sarah. »Du hast bestimmt viele Freunde, mit denen du reden kannst. Dina ...«

Tini schüttelte den Kopf. »Dina kannst du vergessen«, sagte sie. »Das klingt vielleicht blöd, weil ich ja mit ihr zusammenwohne und sie eigentlich auch ganz okay ist. Aber wenn man nicht macht, was sie will, kann sie echt eklig werden. Und andersherum hat sie wieder kaum Verständnis für die Probleme der anderen. Genauso wie diese dumme Nelly. Manchmal verstehe ich gar nicht, was Jane an der findet. Die ist nämlich ziemlich okay.«

»Hm.« Sarah starrte auf ihr Blumenkohlgemüse. Was Tini gerade über Jane gesagt hatte, konnte sie nicht recht nachvollziehen. Es war bestimmt besser, wenn sie gar nicht darauf einging. »Ich hab übrigens auch grad Streit mit ihr. Mit Dina, meine ich.«

»Das hab ich mir schon gedacht«, erwiderte Tini. »Ist es etwa wegen Marvin?«

Sarah atmete geräuschvoll ein und aus. »Allerdings«, presste sie hervor. »Sie will, dass ich ihn frage, wie er sie findet.«

»Und?«

»Mir ist das total peinlich«, sagte Sarah. »Aber das versteht sie irgendwie nicht.«

»Ich weiß.« Tini pikste das letzte Kohlröschen von ihrem Teller auf und schob es sich in den Mund. »Ich sollte ein Liebesgedicht für Marvin schreiben«, nuschelte sie. »Aber ich hab das einfach nicht hingekriegt.« Sie wedelte mit der Gabel herum. »Schließlich bin ich noch nie in meinem Leben verknallt gewesen. Keine Ahnung, wie sich das überhaupt anfühlt. Wie soll ich da ein Gedicht darüber schreiben? Aber Dina hat das nicht eingesehen und tagelang nicht mehr mit mir geredet.«

Sarah nickte und seufzte. »Gestern, als sie sich im Erdkundeunterricht so für mich eingesetzt hat, da dachte ich eigentlich, sie wäre ein netter Kerl.«

»Ist sie ja auch«, erwiderte Tini. »Eigentlich könnte man Pferde mit ihr stehlen. Wenn bloß diese blöde Sache mit Marvin nicht wäre …«

Abends im Bett dachte Sarah über alles nach. Das Telefonat mit Oma hatte sie auf unbestimmte Zeit verschoben. Bestimmt hätte die sofort an ihrer Stimme gehört, dass Sarah Probleme hatte. Ihre Großmutter war zwar ein wenig schwerhörig, was die einzelnen Wörter betraf, aber dafür hatte sie für Stimmungen eine ganz besondere Antenne.

Nein. Sarah würde den Trouble mit Dina ganz allein in den Griff kriegen. Das Beste würde sein, einfach die Augen zuzumachen und hindurchzugehen, was im Klartext bedeutete: Sie würde mit Marvin reden. Und zwar gleich morgen. Das war tausendmal einfacher, als ein Liebesgedicht zu schreiben. Und außerdem würde danach dann endlich Klarheit herrschen. Dina wäre happy – oder auch nicht. Auf jeden Fall würde sie keinen Grund mehr haben schmollig zu sein. Und Sarah würde sich dem nächsten Problem widmen können, nämlich Nelly und Jane und der Spannung, die zwischen ihnen herrschte und mittlerweile kaum noch auszuhalten war.

Bevor das Licht ausgegangen war, hatten die drei Mädchen zwei Stunden lang im Zimmer herumgewuselt. Nelly hatte mit ihrem Vater rumgeprahlt und die ganze Zeit über seine Musik laufen lassen, während Sarah noch ein wenig in ihren Schulunterlagen geblättert hatte.

Zwischendurch hatten Nelly und Jane sich immer wieder angeschaut und unvermittelt losgeprustet. Wenn das die nächsten Wochen so weitergehen sollte – na, dann Prost Mahlzeit! Sarah musste sich unbedingt etwas einfallen lassen, damit sich die Stimmung im Zimmer änderte. – Bloß was?

Sie drehte sich zur Wand, zog einen Zipfel der Bettdecke unter ihren Kopf und knuddelte den Rest zwischen ihren Beinen zusammen. Es war total warm und stickig im Zimmer. Kein Wunder!

Schließlich hatte den ganzen Nachmittag über die Sonne hereingeschienen und den Raum in einen Backofen verwandelt. Trotzdem hatte Nelly sich beharrlich geweigert, das Fenster über Nacht auf Kipp zu stellen.

»Ja, ja«, hatte sie genölt. »Das könnte dir so passen. Ich lieg dann voll im Zug und morgen hab ich eine Erkältung.«

Darauf hatte Sarah natürlich nichts zu sagen gewusst. Sie fand es schwierig zu dritt in einem Zimmer zu sein. Zu Hause bei Oma hatte sie immer selbst bestimmen können, ob das Fenster offen oder zu sein sollte und welche Musik sie hören wollte.

Sarah strich sich eine verschwitzte Locke aus der Stirn und drehte sich wieder auf die andere Seite. Da bemerkte sie, dass Nelly aufgewacht war. Sie stöhnte leise vor sich hin und wälzte sich herum.

Sarah reckte den Hals und schaute zu Jane hinüber. Aber die schnorchelte vor sich hin und schien tief und fest zu schlafen. Sarah zögerte. Was sollte sie tun?

Plötzlich setzte Nelly sich auf und fing an zu würgen.

»Was ist los?«, flüsterte Sarah. Sie sprang aus dem Bett und lief zu ihrer Zimmergenossin hinüber.

»Mir ist so schlecht«, ächzte Nelly. »Ich glaube, ich muss gleich kotzen.«

Oje, oje! Obwohl Sarah eigentlich aus der Erfahrung der vergangenen Nacht wusste, dass es hier kein einziges für solche Zwecke geeignetes Gefäß gab, blickte sie sich hektisch im Zimmer um. Schließlich fasste sie Nelly am Arm.

»Komm schon. Wir müssen zur Toilette.«

»Ich kann nicht«, presste Nelly hervor.

»Du musst aber«, befahl Sarah. »Nachher bespuckst du noch dein ganzes Bett.«

Endlich streckte Nelly ihre Füße unter der Bettdecke hervor, schlüpfte in ihre Hausschuhe und ließ sich von Sarah auf die Beine ziehen. Sie zitterte am ganzen Körper.

»Was ist denn bloß los mit dir?«, flüsterte Sarah.

Entschlossen legte sie sich Nellys Arm um den Nacken und tapste so mit ihr auf die Zimmertür zu.

»Ich weiß auch nicht.«

»Hast du vielleicht was Falsches gegessen?«, fragte Sarah, während sie über den Flur auf den Waschraum zu gingen.

Nelly schüttelte den Kopf. »Wir hatten doch alle das Gleiche.«

»Schon«, sagte Sarah. »Abgesehen vom Abendessen. Vielleicht ein paar ölige Sardinen extra?«

»Nein, hab ich nicht.«

Sarah öffnete die Toilettentür und schob Nelly hinein. Mit aller Macht versuchte sie den Gedanken an die verdammte Cola zu verdrängen. – Unmöglich! Sarah wurde siedend heiß klar, dass sie Schuld an Nellys elendem Zustand hatte. Da ließ sich nichts dran herumreden. Sie klappte den Klodeckel hoch und fragte zaghaft: »Oder getrunken?«

Nelly ging auf die Knie, würgte und schüttelte abermals den Kopf. »N-nein«, presste sie hervor.

Aber das konnte nicht sein. Immerhin war die Colaflasche am Vormittag verschwunden gewesen. Nelly musste sie geleert haben. Vielleicht hatte sie das inzwischen vergessen. Doch wie auch immer – Sarah brauchte einfach Gewissheit, sonst würde ihr schlechtes Gewissen sie noch umbringen.

»Und was ist mit dieser Cola, die gestern neben deinem Bett stand?«, bohrte sie weiter. »Die war heute Mittag nicht mehr da.«

»Die hab ich nicht getrunken«, stöhnte Nelly. »Die war schon uralt. Ich hab sie heute Morgen weggeschüttet.«

Sarah wunderte sich, dass kein lautes Poltern den Toilettenraum erschütterte. Der Stein, der ihr gerade vom Herzen gefallen war, war nämlich mindestens hunderttausend Tonnen schwer gewesen. Und während sie erleichtert aufseufzte, würgte Nelly nun immer heftiger. Sie beugte sich weit über das Klobecken und dann endlich kam der erste Schwall.

Nach gut fünf Minuten war alles erledigt. Nelly hatte zwar immer noch Schwabbelbeine, aber sie konnte alleine in den Waschraum gehen und sich den Mund ausspülen. »Puh! Ist das eklig«, stieß sie hervor und trocknete sich das Gesicht mit einem Stück Papier aus dem Automaten ab.

Sarah strich ihr zaghaft über den Rücken. »Geht es dir denn jetzt wenigstens etwas besser?«, fragte sie.

Nelly nickte. Sie warf das zusammengeknüllte Papier in den Mülleimer und lächelte zaghaft. »Eigentlich bist du ganz nett«, sagte sie.

Sarah zuckte die Achseln und blickte betreten auf den Fliesenboden. Sie konnte Nelly ja wohl schlecht sagen, dass sie ihr nur aus schlechtem Gewissen geholfen hatte. Andererseits hätte sie auch ohne die Geschichte mit der Cola nicht einfach so daliegen und dabei zusehen können, wie Nelly in ihr Bett gekotzt hätte.

»Keine Ahnung, was Jane gegen dich hat«, fuhr Nelly unterdessen fort. »Aber sie muss es ja auch nicht wissen.«

»Was?«, fragte Sarah erschrocken. Ganz so problemlos, wie sie dachte, war die Sache also wohl doch nicht.

»Na, dass wir zwei jetzt Freundinnen sind.« Nelly schlang einen Arm um Sarahs Hals und lächelte verschwörerisch. »Aber ich find es toll, endlich mal wieder ein Geheimnis zu haben.«

Sarah wurde ganz steif. Sie wusste gar nicht, was sie darauf sagen sollte. »Aber ich bin doch schon mit Dina befreundet«, meinte sie schließlich. Obwohl das ja nun auch nicht so hundertprozentig stimmte.

Und Nelly beeindruckte es auch nicht besonders. »Na und?«, entgegnete sie. »Der brauchst du das doch auch nicht auf die Nase zu binden.« Sie öffnete die Tür und zog Sarah auf den Gang hinaus. »Die wahren Freundinnen sind wir.«

Sarah wollte widersprechen. Sie fühlte sich nicht wohl bei dem Gedanken, Dina zu hintergehen. Auch nicht, wenn sie gerade Streit hatten. Sarah war eine ehrliche Haut. Nichts fiel ihr schwerer als Lügen. Da verhaspelte man sich nur und irgendwann kam die Wahrheit ja doch ans Licht.

Andererseits schreckte sie noch mehr davor zurück, Nelly vor den Kopf zu stoßen. Wer weiß, was die sich alles einfallen lassen würde, wenn man sie richtig gegen sich hatte.

»Und weil du jetzt meine ehrliche und einzig wahre Freundin bist«, säuselte Nelly, »kannst du mir bestimmt auch einen riesengroßen Gefallen tun.«

Sarah schluckte. Was kam denn jetzt schon wieder?

»Solange es nichts mit Jane oder Dina zu tun hat«, sagte sie.

»Ach, Quatsch.« Nelly winkte ab. »Denen tun wir gar nichts. Nachher werden die noch misstrauisch und kommen hinter unser Geheimnis. Nee, nee.« Nelly schüttelte den Kopf. »Es geht um Marvin und weil du doch neben ihm sitzt.«

»Marvin?«, wiederholte Sarah tonlos. Sie ahnte Fürchterliches und sie betete dafür, dass sie sich irrte. Aber der liebe Gott hörte es offenbar nicht.

»Ich habe einen Brief für ihn«, sagte Nelly nämlich. »Den gibst du ihm einfach, ja?«

Sarah nickte wie ein Roboter. Verzweifelt durchforstete sie ihre Gehirnzellen nach einem Ausweg.

»Wieso steckst du ihn nicht einfach zwischen seine Sachen?«, schlug sie schließlich vor.

»Weil ich mir sicher sein will, dass er ihn auch wirklich bekommen hat«, sagte Nelly und drückte Sarahs Arm. »Aber auf dich kann ich mich verlassen. Das weiß ich einfach.«

Eiertanz und Eingewöhnung

Die folgenden Wochen verliefen besser, als Sarah befürchtet hatte. Nelly hing weiterhin mit Jane herum und ließ sich absolut nicht anmerken, dass sie und Sarah sich inzwischen näher gekommen waren. Nur ab und zu steckte sie Sarah ein Zettelchen unters Kopfkissen. Auf dem stand dann, wann und wo sie das nächste Mal heimlich miteinander quatschen würden. Immer bestimmte Nelly Zeit und Ort und das Gesprächsthema war auch immer dasselbe: Marvin. Fast jeden Tag hatte Nelly einen neuen Brief für ihn, obwohl er so gut wie nie darauf antwortete.

»Ich bin sicher, er liebt mich«, orakelte Nelly jedes Mal. »Er traut sich bloß nicht. Jungen sind in dem Alter einfach noch nicht so weit.«

Sarah widersprach ihr nie, weil sie keinen Ärger wollte. Außerdem hatte sie keinen Schimmer davon, wie weit Jungen oder Mädchen in ihrem Alter zu sein hatten. Immerhin war Marvin bereits dreizehn. Und er hatte freie Auswahl unter fast allen Mädchen des sechsten und siebten Jahrgangs. Seitdem er die Schulmeisterschaft im Tischtennis gewonnen hatte, hingen ihm vor allem die *Drillies*, Chantal, Theresa und Dörte aus der Quarta b, auf den Hacken. Alle drei waren immer gleich hip zurechtgemacht, hatten bereits richtig Busen und sahen ein bisschen so aus wie die Klone von Jeanette Biedermann. Warum sollte er sich da ausgerechnet in Nelly verliebt haben? Oder gar in Dina!

Nee. Sarah kannte sich in Liebesdingen zwar so gut wie gar nicht aus, aber eines war ihr trotzdem so klar wie frisch geputzte Fensterscheiben: Wenn ein Mädchen einem Typen drei Wochen lang jeden Tag einen Liebesbrief schrieb und trotzdem nicht zu Potte kam, dann stimmte da etwas nicht. Wahrscheinlich war Marvin zu nett und schaffte es einfach nicht, Nelly eine klare Absage zu erteilen.

Mit Dina war es im Übrigen das Gleiche. Nach der Nacht mit Nelly hatte Sarah den halben Tag über mit sich gerungen. Aber schließlich hatte sie sich dann doch ein Herz gefasst und Marvin angesprochen. »Sag mal ...«

»Ja ...?«

»Wie ... äh, wie findest du eigentlich Dina?«

Bei dieser Frage hatte sie ihn nicht angucken können, sondern auf den Fußboden starren müssen. Sie hatte gegen die Hitze in ihrem Kopf angekämpft und ihr Herz hatte es mit der Klopferei auch ein bisschen übertrieben.

»Äh, Dina?«, hatte Marvin geantwortet und sich verlegen durch sein struppiges Schwarzhaar gewuselt. »Äh ... Wieso?«

»Ach, nur so.«

»Sie ist manchmal schwierig, nicht?«, hatte Marvin gesagt und Sarah hatte gelächelt und ihn wieder anschauen können.

»Ja, ich hab grad ein bisschen Trouble mit ihr.«

»Hm«, hatte Marvin daraufhin gemacht und auch gelächelt und »wird schon wieder« gesagt. »Im Grunde ihres Herzens ist Dina ein feiner Kerl.«

»Oh«, hatte Sarah gesagt und vorsichtshalber wieder auf den Boden geguckt. »Dann magst du sie also ... ein bisschen?«

»Klar. Wieso nicht?«, hatte Marvin unglaublich lässig erwidert. »Dina ist schon okay. Außerdem muss man sie unterstützen. Sie hat es schließlich nicht leicht mit den anderen. Besonders mit Nelly.«

Sarah hatte genickt und gezögert, dann aber doch todesmutig gefragt: »Die magst du wohl nicht so?«

»Ach, na ja. Sie ist eigentlich auch ganz nett.«

Diese Aussage hatte Sarah zunächst in totale Verwirrung gestürzt, aber dann hatte sie festgestellt, dass ihr eigentlich nichts Besseres hätte passieren können.

Marvin mochte Dina *und* Nelly und somit war Sarah aus dem Schneider. Sehr praktisch! So hatte sie keiner von beiden vor den Kopf stoßen müssen und Dina war ihr vor lauter Freude sogar laut jubelnd um den Hals gefallen.

Und seitdem hatte es auch keinen Streit mehr zwischen ihnen gegeben. Die meiste Zeit über hing Sarah mit Dina und Tini zusammen. Sie erledigten die Hausaufgaben gemeinsam, fuhren ins Freibad oder in den Ort, um ein Eis zu essen oder ins Kino zu gehen.

So nach und nach hatte Sarah das Burggebäude und fast alle Lehrer und Internatsschüler kennen gelernt. Aus den beiden sechsten Klassen wohnten allerdings nur wenige Schüler in der Sardinenburg. Nelly, Jane, Dina, Tini, Nils und Frederik aus ihrer Klasse und ungefähr nochmal so viele aus der anderen.

Die älteren Schüler interessierten Sarah auch nicht weiter. Die Mädchen führten sich fast alle so auf, als seien sie etwas Besseres und quasselten in ihrer Freizeit ausschließlich über Klamotten und Schminkzeug.

Besonders hatte Sarah darüber geschmunzelt, dass die frisch angekommenen Fünftklässler von den Großen in die Waschräume geschleppt, von Kopf bis Fuß eingepudert, mit schrägen Haargelfrisuren verunstaltet und mit dem stinkigsten Oma-Parfüm übergossen wurden. Trotzdem war sie heilfroh gewesen, dass man sie und die anderen Neuen aus dem sechsten Jahrgang damit in Ruhe gelassen hatte.

Das normale Internatsleben war seinen Gang gegangen, die ersten Arbeiten waren geschrieben worden und Sarah hatte überraschend gute Zensuren bekommen. In Mathe sogar eine Zwei. Natürlich hatte sie sich gefreut wie ein Superflummi und sofort mit Oma telefoniert, was plötzlich ganz leicht gegangen war. Und eines Morgens dann, als sie wieder einmal von einem Sonnenstrahl auf ihrer Backe geweckt wurde, hatte sie festgestellt, dass sie sich eigentlich ganz gut eingelebt hatte. Da war es bereits Mitte September.

»Die sind so bescheuert!«, regte Dina sich auf, als sie, Tini und Sarah eines Morgens nach einem total langweiligen, verregneten Wochenende durch den matschigen Burgpark auf das Schulgebäude zuliefen.

»Wen meinst du überhaupt?«, fragte Sarah.

In ihrer unmittelbaren Nähe liefen nämlich nur ein paar aus der Parallelklasse und über die gab es eigentlich nichts Negatives zu sagen.

»Na, diese saudämlichen *Drillies* natürlich«, brummte Dina.

Verwirrt blickte Tini sich um. »Aber die sind hier doch nirgendwo zu sehen.«

»Das is auch nich nötig«, schnaubte Dina. »Ich weiß auch ohne die zu sehen, dass die voll blöde sind.«

»Puh!«, stöhnte Tini. »Das klingt ja so, als ob du dich schon die ganze Nacht über sie aufgeregt hast.«

Dinas dunkle Augen blitzten auf. »Hab ich auch.«

Mittlerweile hatten die Mädchen die Eingangstür des Gymnasiums erreicht. Sie schabten sich auf der Fußmatte den gröbsten Schmutz von den Schuhen und traten in die Pausenhalle.

»Ihr habt ja keine Ahnung, was die gestern im Waschraum losgelassen haben«, fuhr Dina fort.

»Wieso?«, wunderte sich Tini. »Du hast mir ja gar nichts erzählt.«

»Ich konnte nich«, erwiderte Dina. »Es war einfach zu heftig. Ich musste erstma drüber nachdenken. Vielleicht hatten sies ja auch gar nich ernst gemeint und wollten mich bloß ärgern.«

Das klang ja wirklich dramatisch, fand Sarah. »Jetzt sag schon«, ermunterte sie Dina. »Rück raus mit der Sprache.«

»Ach ...« Dina war so erbost, dass sie kaum einen Ton aus dem Hals bekam. »Sie haben so eine bekloppte Liste gemacht«, stieß sie schließlich hervor.

»Was für eine Liste?«, fragte Sarah.

»Na, über die tollsten Jungen an der Schule.«

Tini stöhnte. »Was ist denn daran so schlimm?«, wollte sie wissen.

»Dass Marvin ganz vorne is«, schnaubte Dina. »Mindestens hundertfünfzig Weiber sind in den verknallt.«

»Na und?«, meinte Sarah. »Das heißt doch nichts.«

»Eben.« Tini nickte. »Solange er umgekehrt nicht in hundertfünfzig verknallt ist.«

»Ach.« Dina machte eine abwehrende Handbewegung. »Ihr habt ja keine Ahnung. Die wollen die sogar aushängen. Ans schwarze Brett.«

Sarah tippte sich an die Stirn. »Die sind ja bekloppt.«

»Sag ich doch!«, brummte Dina. Sie ließ die beiden einfach stehen und stapfte in die Klasse.

Sarah und Tini blickten sich nur schulterzuckend an und zockelten schließlich hinterher.

Auf einmal fand Sarah es richtig schlimm, zwischen Marvin und Nils sitzen zu müssen. Dabei hatte sie mit dieser bescheuerten Liste doch überhaupt nichts zu tun. Aber allein schon die Vorstellung, Marvin könnte denken, dass sie ebenfalls für ihn gestimmt hatte, war ihr schrecklich peinlich.

Sie versuchte sich zu beruhigen und auf den Deutschunterricht zu konzentrieren. Schließlich war ja überhaupt noch nicht heraus, ob an der Geschichte mit der Liste überhaupt was dran war. Vielleicht hatten die großen Mädchen es sich tatsächlich alles nur ausgedacht, um Dina zu ärgern.

»Was haltet ihr davon, wenn wir in der Woche vor Weihnachten ein Theaterstück aufführen?«, schlug Frau Schnippzig gerade vor. Die Deutschlehrerin blickte sich mit ihren großen blauen Augen erwartungsvoll in der Klasse um.

»Super Idee!«, rief Nelly sofort und blinzelte Sarah unauffällig zu. Sarah verzog ihren Mund zu einem

Lächeln und nickte. Das war so eine Art Geheimzeichen, das Nelly mit ihr abgemacht hatte, und es bedeutete, dass es etwas Wichtiges zu bereden gab und sie sich gleich nach der Stunde hinter der Sporthalle treffen würden.

»Was denn für ein Theaterstück?«, erkundigte Finn sich.

»Etwa das Krippenspiel?«, rief Frederik. »Das können Sie vergessen. Da mach ich nicht mit.«

Frau Schnippzig schüttelte den Kopf. Ihre fransig geschnittenen hellblonden Haare tanzten um ihr herzförmiges Gesicht.

»Nein, nein. Nicht das Krippenspiel. Und alle machen mit.«

»Dann wird das aber verdammt voll auf der Bühne«, brüllte Nils.

»Nun ja«, meinte Frau Schnippzig, »es müssen ja nicht alle gleichzeitig hinauf. Außerdem werden einige von euch auch keine Sprechrolle bekommen, sondern die Requisiten ersetzen.«

»Requisiten?«, brummte Frederik. »Was ist denn das für ein Zeug?«

»Tische, Bäume, Kaffeetassen«, klärte Nelly ihn auf.

»Oh ja!«, schrie Frederik und fasste sich theatralisch an die Brust. »Ich wär so gerne deine Kaffeetasse!«

Die Jungs fingen an zu grölen. Nelly errötete zart und streckte Frederik die Zunge heraus.

»Nein, nein«, sagte Frau Schnippzig, nachdem sich die Klasse wieder beruhigt hatte. »Wir brauchen nur einen Baum, eine Bank, einen Tisch, eine Sonne und einen Mond.«

»Ach du grüne Kacke«, stieß Nils hervor. »Leute, merkt ihr was? Das wird eine Liebesgeschichte.«

»Iiiiiihhhh!«, schrien die Mädchen.

Dina war schlagartig so bleich wie ein Leichentuch geworden. Auch Sarah fühlte sich unbehaglich. Das passte ja super zu Frau Schnippzig. Eigentlich logisch, dass jemand, der ständig verliebt aussah, auch ein Liebestheaterstück einstudieren wollte. Zum Glück war Sarah schauspielerisch nicht besonders begabt und hatte somit alle Chancen eine Rolle als Tischbein zu bekommen.

Nelly warf ihren Arm in die Luft und schnipste hektisch mit den Fingern. »Krieg ich die Hauptrolle? Ja, Frau Schnippzig, bitte!«

Die Deutschlehrerin klatschte in die Hände und mahnte erneut zur Ruhe. »Die Rollen vergeben wir, sobald ihr das Drehbuch gelesen habt«, verkündete sie, nahm einen Stapel Papier von ihrem Tisch und reichte ihn Tini. »Fünfzehn Seiten für jeden von euch. Ich habe sie jeweils zusammengeheftet. Wenn ihr beim Rumgeben also ein wenig Vorsicht walten lasst …«

Weiter kam sie nicht, denn plötzlich quasselten alle durcheinander. Frau Schnippzig seufzte leise. Schließlich ließ sie sich auf ihrem Stuhl nieder und wartete geduldig, bis bei jedem Schüler ein komplettes Drehbuch angekommen war und die ersten bereits mit dem Lesen angefangen hatten.

»Nils hat Recht«, sagte sie dann, erhob sich wieder und spazierte mit anmutig wiegenden Hüften im Mittelgang auf und ab. »Es ist eine Liebesgeschichte.« Sie hob ihren Zeigefinger. »Aber nicht nur ...«

»Nee, da wird was geklaut«, fiel Frederik ihr ins Wort. »Eine wertvolle Halskette!«

Frau Schnippzig nickte. »Ganz genau«, bestätigte sie. »Es handelt sich bei diesem Bühnenstück also um eine Art Liebeskrimi.«

»Toll«, muffelte Tini. »Das hat doch überhaupt nichts mit Weihnachten zu tun.«

»Das würde ich nicht sagen«, widersprach die Lehrerin. »Ich schlage vor, ihr lest es euch erst einmal durch.«

»Jetzt?«, wollte Nils wissen.

»Natürlich.« Frau Schnippzig blieb stehen und lächelte ihn an. »Frau Mailander oder Herr Knoche haben es bestimmt nicht so gern, wenn ihr das in der Mathematik- oder der Erdkundestunde tut.«

Nelly war bereits auf der dritten Seite angekommen. »Ich muss die Hauptrolle haben«, murmelte sie und versenkte den Daumen in ihrer Faust.

»Iiiiiihhh!«, schrien nämlich ein paar Mädchen aus der letzten Reihe. »Die müssen sich am Ende ja küssen!«

»Was?« Frederik erstarrte. Dann schnellte sein Finger nach oben. »Frau Schnippzig, Frau Schnippzig! Darf ich die Kaffeemaschine sein?«

Ein Wahnsinnsgelächter brach aus. Die Deutschlehrerin hockte sich auf ihren Tisch und wartete, bis alle Schüler verstummt waren und sie erwartungsvoll anschauten. »Irgendjemand muss aber die männliche Hauptrolle übernehmen«, sagte sie schließlich.

Nelly meldete sich. »Kann ich vielleicht …?«

Frau Schnippzig runzelte die Stirn. »Zur Not wäre das tatsächlich eine Lösung«, meinte sie. »Allerdings würde ich mir in diesem Fall einen etwas anderen Typ Mädchen vorstellen.«

Sie ließ ihren Blick prüfend durch die Reihen wandern und blieb schließlich an Dinas Gesicht kleben. Bevor sie allerdings etwas sagen konnte, stellte Nelly ihr Anliegen klar.

»Ich möchte gerne die Samantha spielen«, sagte sie.

»Oh!« Frau Schnippzig lächelte. »Ja, das ist natürlich etwas anderes. Aber vielleicht bist du nicht die Einzige, die sich für diese Rolle interessiert.«

Sie schaute Tini, Jane, Sarah und noch ein paar andere Mädchen aufmunternd an. Doch alle schüttelten die Köpfe. Keine von ihnen hatte Lust auf Stress mit Nelly und keine von ihnen war besonders scharf darauf einen Jungen zu küssen. Noch dazu in aller Öffentlichkeit.

»Also gut«, sagte Frau Schnippzig. »Dann brauchen wir jetzt also nur noch jemanden für den Jason. Und ich wäre sehr froh, wenn es ein Junge wagen würde ... Marvin vielleicht. Du bist doch der Älteste ...«

Sie brauchte gar nicht weiterzureden, da nickte Marvin bereits. Kaum merklich, aber eindeutig.

Sarah schluckte. Obwohl sie gar nicht richtig hinguckte, merkte sie, wie rot er geworden war. Ob man das als Beweis für seine besondere Zuneigung zu Nelly ansehen konnte? Sarah hatte keine Ahnung. In einem aber war sie sich hundertprozentig sicher: Nelly würde es genau so deuten. Dina, die inzwischen so fahl wie die Wand hinter ihr auf ihrem Platz hockte, würde im Achteck springen, und sie, Sarah, stand genau dazwischen.

»Ich bring sie um«, zischte Dina in Sarahs Ohr. »Das schwör ich dir.«

»Wen?«, fragte Sarah, denn im Augenblick war es noch nicht so ganz klar, auf wen Dina wütender war. Auf Nelly oder auf Frau Schnippzig.

»Beide«, schnaubte Dina und ballte die Fäuste. »Wennschon, dennschon.« Ihre Wangen leuchteten wie rote Äpfel und ihre Augen funkelten vor Zorn. »Ich find das echt voll ungerecht, dass die mir das nich zutraut.«

Sarah seufzte. »Solange du dich weigerst, nicht statt nich zu sagen«, versuchte sie die Entscheidung der Deutschlehrerin zu rechtfertigen. »Das geht bei einem richtigen Theaterstück nun mal nicht.«

»Ach ja, du Klugscheißerin?«, knurrte Dina.

»Meinst du etwa, das wüsst ich nich? Denkst du etwa auch, ich kann nich, selbst wenn ich will?«

Sarah zuckte die Schultern. Sie hatte nicht den blassesten Schimmer. Außerdem hatte sie keine Lust, sich von Dina beleidigen zu lassen. Wenn sie tatsächlich eine Klugscheißerin war, dann hätte sie doch schon längst einen Kommentar zu Dinas Sprachkünsten abgegeben. Sie fand das Verhalten ihrer Klassenkameradin einfach himmelschreiend ungerecht. Immerhin hatte Sarah bisher an Dina überhaupt noch nicht großartig herumkritisiert, sondern viel eher versucht, sie so zu nehmen, wie sie war.

»Ich muss mal aufs Klo«, brummte Sarah.

»Und was ist mit Marvin?«, fragte Dina vorwurfsvoll.

»Was soll denn mit ihm sein?«, erwiderte Sarah.

Dabei wusste sie natürlich ganz genau, was Dina meinte. Sie hatte einfach bloß keinen Nerv mehr auf dieses Thema. Denn in der nächsten Deutschstunde würde das Theater erst richtig losgehen – im wahrsten Sinne des Wortes.

»Ts!« Dina fasste sich an die Stirn. »Was mit ihm sein soll? Na, du bis ja vielleicht 'n Schätzchen! Marvin wird Nelly küssen. Is das etwa noch nich ganz in deine hinterletzten Hirnzellen vorgedrungen?«

»Es ist doch bloß ein Bühnenstück«, erwiderte Sarah. »Und jetzt muss ich wirklich ...«

Dina verschränkte die Arme über der Brust. »Na, dann hau doch ab.«

Sarah zögerte. Unschlüssig starrte sie auf den Boden. Der nächste handfeste Krach mit Dina war vorprogrammiert. Aber was sollte sie tun? Dina nach dem Mund reden und alles machen, was sie von ihr verlangte? Sarah dachte an Nelly, die bestimmt schon ungeduldig hinter der Sporthalle auf und ab lief und auf sie wartete. Himmel hilf! In was für eine Geschichte hatte Sarah sich da bloß verstricken lassen! Aber vielleicht war es ja leichter mit Nelly zu reden als mit Dina.

Hoffnungsvoll flitzte Sarah durch die Gänge in Richtung Mädchenklo. Als sie die Tür erreicht hatte, legte sie die Hand auf die Klinke und blickte sich vorsichtig nach allen Seiten um. – Nein, Dina schien ihr nicht gefolgt zu sein. Also rannte Sarah weiter und quetschte sich durch den Nebeneingang nach draußen.

Hastig und immer leicht geduckt überquerte sie den hinteren Teil des Schulhofs und verschwand schließlich zwischen den Büschen neben der Sporthalle. Wie Sarah bereits vermutet hatte, wurde sie dort bereits sehnsüchtig erwartet.

»Mann, das hat aber gedauert«, wurde sie von Nelly begrüßt.

Zum Glück schien sie Sarah aber gar nicht wirklich böse zu sein. Ihre Augen strahlten mit ihren rosigen Backen um die Wette. Sie sah richtig happy aus. Aber das war ja auch klar – sie würde Marvin küssen. Endlich! Jetzt war sie garantiert allerbester

Hoffnung, dass er sich dann auch postwendend in sie verlieben würde.

»Tut mir Leid«, sagte Sarah, »aber ich musste erst noch Dina abhängen.«

Nelly winkte ab und lächelte. »Ach, weißt du, mit Jane ist das überhaupt kein Problem gewesen. Ich hab ihr einfach gesagt, dass ich aufs Klo muss.«

»Was glaubst du denn, was ich getan habe?«, erwiderte Sarah. »Aber Dina ist vielleicht einfach misstrauischer als Jane.«

Die Wahrheit konnte sie Nelly ja leider nicht sagen. Wenn die erfuhr, dass Dina ebenfalls in Marvin verknallt war, würde sie sich womöglich noch in aller Öffentlichkeit darüber lustig machen. Denn eine ernst zu nehmende Konkurrentin sah Nelly in Dina garantiert nicht. Die Folgen der ganzen Geschichte waren ziemlich absehbar:

Dina würde Sarah den Hals umdrehen. Außer Tini war Sarah schließlich die Einzige, die über Dinas verzwickte Gefühlslage Bescheid wusste. Da Tini Nelly auf den Tod nicht ausstehen konnte, brauchte Dina nur eins und eins zusammenzuzählen und schon war die Verräterin identifiziert.

»Wenn Dina dahinter kommt, dass wir uns treffen, dann ist doch sowieso alles aus«, fügte Sarah also noch hinzu.

Nellys Gesichtsausdruck veränderte sich schlagartig. Der Glanz in ihren Augen verschwand und ihre Brauen schnellten nach oben. »Du hast also Schiss«, stellte sie fest. Ihre Stimme klang verächtlich. »Nicht mal so ein hübsches kleines Geheimnis kannst du ertragen.«

Sarah senkte den Kopf und schüttelte ihn kaum merklich. »Ist eben so«, sagte sie leise. »Und wenn du wirklich so viel Wert auf meine Freundschaft legen würdest, dann würdest du auch versuchen, mich zu verstehen«, fügte sie mutig hinzu.

Nelly schwieg und Sarah rechnete schon damit, dass sie jeden Augenblick beleidigt abdampfte. Aber auch das passierte nicht. Stattdessen sah sie Nellys pinkfarbene Lacksandalen auf sich zukommen und im nächsten Moment spürte Sarah ihre Hände auf den Schultern.

»Tut mir Leid«, murmelte Nelly. »Ich wollte das nicht. Es war gemein von mir. Ich weiß ja, was du für eine gute Seele bist. Aber bitte versteh mich doch auch. Wir können uns schließlich nur heimlich treffen, weil es niemand verstehen würde. Dina nicht und Jane auch nicht. Aber ich will auf keinen Fall auf dich verzichten.«

Sarah schluckte. Plötzlich musste sie mit den Tränen kämpfen. Sie versuchte Nelly anzuschauen, aber das war ganz und gar unmöglich.

»Schsch«, murmelte Nelly. »Ist ja gut.« Sie schlang Sarah ihre Arme um den Hals und drückte sie an sich. »Wir schaffen das schon. Ich hab nämlich eine Idee.«

Sarah schluchzte leise. Sie dachte an Dina, die so

schwierig war, und an Nelly, die es vielleicht ernst meinte, vielleicht aber auch nicht. Und idiotischerweise dachte sie auch an Oma und fragte sich, wie lange sie wohl im Krankenhaus bleiben musste.

»Magst du Pferde?«, hörte sie Nelly fragen.

Sarah nickte. »Klar.«

»Dann melden wir uns zu einem Reitkurs an, okay?«, schlug Nelly vor.

»Zu einem Reitkurs?« Jetzt hob Sarah doch den Kopf. »Wo denn?«

»Sag bloß, du weißt nicht, dass hier ganz in der Nähe ein Hof ist!«, rief Nelly. »Na, das ist mal wider typisch Dina, dir nichts davon zu erzählen! Für sie existieren Pferde einfach nicht. Sie findet sie blöd, albern, mädchenhaft. Manchmal glaube ich sogar, sie kann überhaupt keine Tiere leiden.«

»Du meinst ...«, begann Sarah, doch Nelly ließ sie gar nicht weiterreden.

»Genau das meine ich«, sagte sie begeistert. »Dina kann Pferde nicht ausstehen. Und Jane hat eine Allergie gegen sie. Mit Schniefnase und Augentränen und dem ganzen Drum und Dran. Du und ich, wir brauchen uns nicht mehr heimlich zu treffen und machen sogar was zusammen, was uns beiden Spaß macht. Wie echte Freundinnen.«

Echte Freundinnen – wie Nelly das gesagt hatte!

Es hatte total ehrlich geklungen und irgendwie auch so sehnsüchtig. Sarah war völlig hin- und hergerissen. Eigentlich mochte sie Nelly nicht. Oder besser gesagt – sie hatte einen Heidenrespekt vor ihr. Im Grunde genommen traute sie ihr alles zu. Nelly war hübsch und eingebildet und sie verstand es irgendwie, sich beliebt zu machen. Aber wenn sie jemanden auf der Abschussliste hatte, dann zögerte sie nicht, ihre ganze Kraft und Phantasie dazu einzusetzen, ihn fertig zu machen.

Heute allerdings hatte sie eine andere Seite an Nelly kennen gelernt, eine weichere, eine, die echter war, aber die man trotzdem nicht richtig greifen konnte. Na ja, vielleicht würde sie mehr über ihre Zimmergenossin erfahren, wenn sie erst mit dem Reitkurs angefangen hatten.

Tief in Gedanken versunken spazierte Sarah ins Schulgebäude und stieß fast mit Frau Kasewinkel zusammen, die aus dem Verwaltungstrakt gestöckelt kam. »Oh, da bist du ja!«, rief die Sekretärin. »Ich hab dich schon überall gesucht.«

Überrascht blickte Sarah auf. »Meinen Sie mich? Was ist denn?«

»Es geht um deine Großmutter«, sagte Frau Kasewinkel. Sie legte Sarah einen Arm um die Schultern und machte auf einmal ein ganz dramatisches Gesicht. »Die Ärmste!«

»Wieso?« Sarah schluckte. »Was ist denn mit ihr?«

Sofort malte sie sich alles Mögliche aus. Oma nach der Operation mit einem aufgeschnittenen Bein, das nicht mehr zusammenwachsen wollte. Oder gelähmt. Oder sogar – tot? Tränen schossen in Sarahs Augen.

»Nun wein mal nicht gleich, mein Mädchen«, murmelte Frau Kasewinkel und drückte Sarah gegen ihren riesigen Busen. »Es wird schon alles wieder. Es dauert jetzt halt bloß ein bisschen länger und wahrscheinlich kannst du über Weihnachten nicht nach Hause. Aber das macht gar nichts«, sprudelte es aus ihr heraus. »Es bleiben immer ein paar Kinder hier. Und Frau Buchstedt wird sich rührend um dich kümmern.«

Sarah schwirrte der Kopf. »Wa-was ist denn überhaupt mit Oma?«, stammelte sie.

»Nun ja«, sagte die Sekretärin. »Man konnte sie bisher einfach nicht operieren, weil sie ein wenig übergewichtig ist.«

Ein wenig übergewichtig? – Das war ziemlich schmeichelhaft ausgedrückt. Oma hatte den Hüftumfang eines Treckerreifens – mindestens. Sarah verstand allerdings nicht, was dieser Umstand mit der Operation zu tun haben sollte. Doch Frau Kasewinkel erklärte es ihr bereits, ehe sie danach fragen musste.

»Die Belastung wäre für das neue Gelenk einfach zu groß und das Risiko wollte man nicht eingehen. Deine Oma muss erst einmal gründlich abnehmen. Das hat im Krankenhaus nicht geklappt und seit gestern wohnt sie in einer speziellen Diätklinik. Wenn alles gut geht, wird sie Mitte November operiert.

Danach beginnt die Reha. Das dauert dann nochmal vier oder sechs Wochen.«

»So lange?«, sagte Sarah bestürzt.

Eigentlich hatte sie felsenfest damit gerechnet, dass sie über Weihnachten daheim sein würde. Und jetzt? Jetzt würde sie Oma erst zu Ostern wieder sehen.

Sardinenwanderung

»Jetz komm schon!«, drängelte Dina. »Das is bestimmt der letzte warme Tag dieses Jahr. Außerdem bist du noch gar nich am See gewesen.«

»Ich hab aber keine Lust«, sagte Sarah und starrte auf die ersten drei Zeilen, die sie bisher zu Papier gebracht hatte. »Meine Oma liegt im Krankenhaus, weil sie abnehmen muss. Das ist bestimmt die Hölle für sie, weil sie für ihr Leben gern dicke Soßen und Schokolade isst. Ich muss ihr einen lustigen Brief schreiben, damit sie auf andere Gedanken kommt.« Sie presste die Handflächen aneinander und hielt sie Dina unter die Nase. »Und jetzt geh bitte allein zum See. Tini ist bestimmt schon da und die anderen auch.«

»Ja, Nelly und Co. Vielen Dank.« Dina stöhnte. »Tini is total langweilig. Mit der kann man nich reden und so. Und das da …« Sie tippte auf Sarahs Briefpapier, »das kannste auch heute Abend noch fertig schreiben.«

»Nee.« Sarah schüttelte den Kopf. »Heute Abend sind Nelly und Jane hier im Zimmer. Da hab ich dann keine Ruhe dazu.«

»Ach verdammt!« Dina streifte ihren Rucksack ab und ließ ihn auf den Boden fallen. Dann stürzte sie auf Sarahs Schrank zu und riss die Türen auf. »Wo is dein Badezeug?«

»Spinnst du!«, rief Sarah. Sie sprang von ihrem Stuhl auf und stürzte sich auf Dina. »Lass sofort meine Sachen in Ruhe.«

»Wenn du dich so anstellst«, knurrte Dina. »Ich muss mit dir reden und du kapierst das einfach nich. Ich hab doch nur dich. Die zu Hause, die vergessen einen sowieso. Gleich am ersten Tag, wenn sie dich weggeschickt haben.«

»Das ist nicht wahr!«, schrie Sarah. Sie schlug die Schranktür zu und warf sich dagegen. »Oma hat mich nicht weggeschickt. Was sollte sie denn tun? Das mit ihrer Hüfte wäre doch so nicht mehr weitergegangen.«

Dina senkte den Kopf. »Tut mir Leid«, presste sie hervor. »Ich … Ich wollte das gar nich sagen. – Echt.«

Sarah holte einmal tief Luft. Sie war irre wütend.

Doch allmählich begriff sie, dass Dina gar nicht sie, sondern sich selbst gemeint hatte. Und ihr fiel das Gespräch wieder ein, das sie am ersten Tag im Internat mit ihr über ihre Eltern geführt hatte. Damals hatte Dina nur gesagt, dass sie aus Mannheim käme. Mehr hatte sie nicht erzählen wollen und Sarah hatte sie mit dem Thema auch in Ruhe gelassen. – Bisher.

»Deine Eltern haben dich hierher geschickt, stimmt's?«, sagte sie ihr auf den Kopf zu. »Obwohl du das gar nicht wolltest.«

Dina wurde blass. Sie schaute zuerst auf den Boden, dann ging sie zum Fenster und starrte in den Park hinaus.

»Meine Mutter nich«, sagte sie. »Aber sie hatte keine Wahl.«

»Und dein Vater?«, fragte Sarah leise.

»Der is tot. Den hab ich gar nich richtig gekannt.«

Sarah schluckte. Auf einmal fiel ihr das Atmen unheimlich schwer.

»Genau wie bei mir«, sagte sie leise.

»Mein Vater is gar nich richtig tot«, sagte Dina, nachdem sie eine Weile vor sich hin gestarrt hatte. »Und in Wirklichkeit kenne ich ihn überhaupt nich.« Sie klang wütend und trotzig. »Besser er wäre tot. Viel besser wär das. Jetzt läuft er da draußen irgendwo rum und denkt überhaupt nich, dass es mich gibt. Das is so krass, sag ich dir. Total krass.«

Sarah war schockiert. Sie wusste gar nicht, was sie sagen sollte. Aber sie konnte Dina auch nicht einfach so anstarren und nichts tun. Also ging sie langsam zu ihr hinüber und legte ihr vorsichtig eine Hand auf den Rücken.

Augenblicklich fuhr Dina herum, stürzte sich in Sarahs Arme und barg ihren Kopf an ihrem Hals. »Das darfst du aber keinem erzählen«, schluchzte sie. »Niemals und niemandem. Schon gar nich dieser bescheuerten Nelly. Die will mich doch sowieso nur fertig machen mit ihrem megaberühmten Vater.«

»Das glaub ich nicht«, entflutschte es Sarah.

Sie biss sich sofort auf die Lippen. Denn jetzt würde Dina garantiert Lunte riechen und sie löchern, wie sie denn bloß darauf käme, sie kenne Nelly doch überhaupt nicht.

Doch zum Glück schien Dina die Bemerkung überhört zu haben. »Wenn die sich einsam fühlt oder so, dann fängt die sofort an von ihrem Vater zu quasseln und schon hatse Publikum ohne Ende«, schniefte sie. »Und jetz krallt se sich auch noch Marvin.«

»Quatsch!«, sagte Sarah, obwohl sie ganz genau wusste, wie Recht Dina hatte. »Wie kommst du denn da drauf?«

»Na, das is doch wohl ganz einfach«, polterte Dina los. Sie hob ihren Kopf, drückte sich von Sarah weg und begann im Zimmer auf und ab zu wandern. »Die hat sich doch nur für die Hauptrolle gemeldet, weil sie wusste, dass Marvin sie dann küssen muss.«

»Das stimmt nicht«, widersprach Sarah. »Nelly wollte die Rolle schon, bevor überhaupt klar war, was das für ein Theaterstück ist.«

»Ja, ja.« Dina versenkte die Hände in ihren Hosentaschen und blickte Sarah kopfschüttelnd an. »Dir hat die ja auch schon das Gehirn vernebelt. Aber egal. Ich werde mich an ihr rächen. Das steht schon mal fest. Und wenn du meine Freundin bist, dann hilfste mir dabei.«

Sarah kreuzte die Arme über der Brust und schüttelte den Kopf. Sie hatte keine Lust mehr, sich dauernd von Dina oder Nelly erpressen zu lassen. »Was hast du denn überhaupt vor?«, fragte sie.

»Na, was wohl? Den Kuss verhindern.«

»Und wie?«

»Das sag ich niemandem«, brummte Dina. »Dir auch nich, wenn de nich mitmachst.«

Allmählich wurde es Sarah zu bunt. Am liebsten hätte sie Dina umgehend aus dem Zimmer geschmissen. Aber irgendwie tat sie ihr auch Leid. Und ein bisschen konnte sie sie sogar verstehen. Das hieß aber noch lange nicht, dass sie ihr blindlings folgte. »Solange ich nicht weiß, was du vorhast, kann ich dir auch nicht helfen«, sagte sie entschieden.

»Dann komm eben heute Nacht mit«, entgegnete Dina.

»Mit wohin?«

»In die Stadt runter.«

Sarah tippte sich gegen die Stirn. »Du spinnst

doch! Was willst du denn mitten in der Nacht in der Stadt?«

»Ich weiß, wo Marvin wohnt.«

»Und? Der wird um die Zeit ja wohl pennen.«

»Umso besser«, sagte Dina. Sie reckte Sarah ihr Kinn entgegen. »Und? Was is? Kommste nu mit?«

Liebe Oma, begann Sarah ihren Brief.

Tut mir Leid, dass du immer noch nicht operiert worden bist und jetzt diese dumme Abspeckdiät machen musst. Das ist bestimmt superschwer für dich. Und alles zusammen dauert soooo lange.

Dabei habe ich mich so sehr auf Weihnachten zu Hause gefreut. Aber mach dir keine Sorgen, ich fühle mich auch hier sehr wohl und bestimmt bleiben auch noch ein paar andere Kinder über die Ferien hier.

Bitte werde ganz schnell gesund!

Ich umarme dich ganz doll!

Deine Sarah

Am Ende las sie alles nochmal durch, faltete den Brief zusammen und steckte ihn in einen Umschlag, den sie über und über mit Sonnenblumen bemalt hatte. Das waren Omas Lieblingsblumen.

»Machst du jetzt endlich das Licht aus?«, brummte Nelly.

Sie und Jane lagen schon seit einer halben Stunde in ihren Betten und lasen. »Ich bin nämlich hundemüde.«

»Ja, ja«, sagte Sarah. »Ist doch erst halb neun.«

Sie warf Nelly einen finsteren Blick zu. Die vergewisserte sich, dass Jane nicht zu ihr rübersah und grinste Sarah an. – Alles klar! Nelly hatte das also nur gesagt, damit Jane nicht misstrauisch wurde.

»Ich muss noch Zähne putzen«, sagte Sarah, schnappte sich ihren Kulturbeutel und schlüpfte aus dem Zimmer.

Als sie wieder zurückkam, hatten ihre Zimmergenossinnen ihre Nachttischlampen ausgeknipst. Jane lag flach auf dem Rücken und schnarchte. Nelly setzte sich auf. »Gute Nacht«, wisperte sie und winkte Sarah zu. »Träum was Schönes.«

»Du auch«, gab Sarah leise zurück.

Sie glitt unter ihre Bettdecke, griff nach dem Wecker und drehte sich zur Wand, damit Nelly nicht mitbekam, dass sie daran herumstellte. Anschließend stopfte sie ihn unters Kopfkissen.

Um halb zwei würde das Ding losrattern, eine Zeit, in der sie normalerweise in tiefstem Schlummer lag. – Hoffentlich würde sie das Gepiepe überhaupt hören!

Marvin lachte über das ganze Gesicht. »Hier bin ich!«, rief er.

Doch im nächsten Moment war er schon wieder um die nächste Ecke verschwunden. Sarah schubste Dina vor sich her. Sie war dieses Spielchen leid. Immerhin war Nelly ihnen dicht auf den Fersen und die durfte auf keinen Fall mitbekommen, dass Sarah versuchte, Marvin und Dina zusammenzubringen. Wenn Marvin doch nur endlich mal stehen bliebe!

»Hier bin ich doch«, hörte sie ihn flüstern. »Hier. Hier. Hier.« Es hallte wie ein unheimliches Echo von den Wänden wider.

Hektisch drehte Sarah sich nach allen Seiten um, konnte Marvin aber nirgends entdecken. Überall waren bloß diese Gänge, die um tausend Ecken führten und schließlich im Nichts verschwanden. Plötzlich ertönte ein endlos lang gezogener, schriller Schrei.

»Saaaraaah!«

Oh, Gott, Rabea! Die hatte ihr jetzt gerade noch gefehlt. Kurzentschlossen stieß Sarah Dina in eine Nische und drückte sich ebenfalls hinein. Rabeas Schritte kamen näher. Ihr Rufen wurde immer lauter. Und dann – auf einmal – kam sie aus einem der Gänge geschossen. Gleich würde sie an der Nische angelangt sein – Sarah hielt den Atem an. – Jetzt! Sarah sprang! Sie riss Rabea zu Boden und hielt ihr mit aller Kraft den Mund zu. Der schrille Schrei verstummte. Sarah kämpfte noch einen Augenblick, dann endlich ... war ihr Kopfkissen still.

Sie riss die Augen auf. Ihr Herz raste wie verrückt. In der rechten Hand hielt sie den Wecker und aus der Dunkelheit des Zimmers traten allmählich die Konturen der Möbel hervor. Sarah atmete einmal tief durch. Erleichtert drehte sie sich auf den Rücken und stellte den Wecker auf das Nachtschränkchen zurück. Es war 1:33 Uhr. Das Ganze war also nur ein alberner irrsinniger Traum gewesen. – Ein Traum?!

Sarah erstarrte. Von wegen! Rabea, alias ihr Wecker, hatte es absolut ernst gemeint. Das Abenteuer begann erst noch. In knapp zehn Minuten sollte sie Dina im Waschraum treffen.

Sarah schlug die Decke zur Seite, setzte sich leise auf die Bettkante und lauschte. Jane schnarchte immer noch. Und auch Nelly schien tief und fest zu schlafen. Mit angehaltenem Atem angelte Sarah ihre Sachen vom Stuhl, schlüpfte hinein und öffnete anschließend leise die Tür. Da ertönte hinter ihr ein Geräusch. Sarah zuckte zusammen und zog vor lauter Angst die Schultern nach oben. Dabei gab es für ihre Aktion doch eigentlich eine ganz natürliche Erklärung …

»Ich muss nur mal aufs Klo«, sagte sie leise.

»Schon wieder?«, murmelte Jane. »Du bist ja so durchlässig wie ein Sieb.«

»Ich hab Durchfall«, erwiderte Sarah. »Kann also dauern.«

»Tu dir keinen Zwang an«, sagte Jane. »Ich schlaf auch ohne dich ganz gut.«

Sarah atmete auf. »Bis gleich«, murmelte sie, schlüpfte auf den Flur hinaus und flitzte zum Waschraum.

»Na endlich«, begrüßte Dina sie. »Ich dachte schon, du hast verpennt.«

»Quatsch«, sagte Sarah. »Aber Jane ist aufgewacht. Ich hab ihr gesagt, dass ich die Scheißerei hab.«

Dina grinste. »Grandios«, sagte sie und tätschelte Sarah die Schulter. »Jane hat sich noch nie darum geschert, wie es anderen geht. Die is bestimmt schon längst wieder eingepennt.«

Hoffentlich, dachte Sarah, während sie hinter Dina her die Treppe nach unten in den Keller schlich.

»Was hast du denn vor?«, fragte sie. »Willst du vorher noch ein bisschen Fitnesstraining machen?«

»Nee.« Dina schüttelte den Kopf. »Wir nehmen eins von den Fenstern im Tischtennisraum. Der is nie abgeschlossen. Und das Fenster kann ruhig ein paar Stunden offen stehen, ohne dasses jemand checkt.«

Ein paar Stunden?

»Wie lange willst du denn wegbleiben?«, fragte Sarah erschrocken. »Doch wohl nicht bis morgen früh!«

»Wieso nich? Is doch krass«, erwiderte Dina. »Manchmal hab ich schon überlegt, ganz abzuhauen. Aber ich weiß ja nich, wohin.«

»Mach bloß keinen Quatsch«, flüsterte Sarah.

»Und du dir nich ins Hemd«, entgegnete Dina und kicherte leise. Sie öffnete die Kellertür und die Mädchen tasteten sich im Dunkeln weiter. Ganz vorsichtig, immer an der Wand entlang.

»Wieso machst du kein Licht?«, beschwerte Sarah sich. »Wenn es sowieso keiner merkt.«

»Licht schon«, klärte Dina sie auf. »Der Kegel

hat nämlich so ’ne komische Schalttafel in seiner Bude. Da leuchten rote Knöpfe auf, wenn irgendwo Licht angeht oder eine von den Außentüren geöffnet wird.«

»Aber der Tischtennisraum ist nie abgeschlossen, ja?«, erwiderte Sarah zweifelnd.

»Genau«, sagte Dina und stoppte. »Wir sind da.«

Sie legte die Hand auf die Klinke und öffnete die Tür.

»Siehste!«, triumphierte Dina. »Sag ich doch. Was glaubste, wie oft ich anfangs nachts durch die Burg geschlichen bin. Ich kenn mich aus.«

Die Mädchen schlüpften in den Tischtennisraum und ließen die Tür einen Spalt breit offen stehen, damit sie hörten, wenn sich jemand näherte. Dann hievten sie die Tischtennisplatte unter die schmalen, länglichen Fenster, die sich direkt unter der Decke befanden.

Sarah kletterte als Erste auf die Platte. »Puh!«, wisperte sie. »Die ist aber ganz schön wackelig.«

»Keine Angst«, sagte Dina. »Ich halt sie schon gut fest.« Sie zeigte auf das mittlere Fenster. »Nimm das da. Das lässt sich am leichtesten öffnen.«

Auf wackelweichen Knien tastete Sarah sich vor, legte den Griff um und machte das Fenster nach außen hin auf. Anschließend umklammerte sie den Rahmen und zog sich ächzend in den Park hinaus. Es dauerte keine Minute, da stand Dina bereits neben ihr. Sie drückte das Fenster in den Rahmen und dann rannten sie los. Immer leicht gebückt und im Schatten der Büsche und Bäume durchquerten sie das Internatsgelände und erreichten schließlich die dunkle Allee, die in den Ort führte.

Die Kirchturmuhr schlug Viertel vor drei, als sie die kleine Brücke am Wasserturm überquerten und den alten Stadtkern betraten.

»Zum Glück wohnt Marvin nich in dieser schrecklichen Neubausiedlung«, erzählte Dina atemlos.

»Was willst du überhaupt von ihm?«, bohrte Sarah. »Jetzt, mitten in der Nacht?«

»Das wirst du schon sehen«, sagte Dina und bog gleich neben einer winzigen Pizzeria in eine schmale Gasse ein. »Is nich mehr weit.«

Die Gasse mündete in einen kleinen kopfsteingepflasterten Platz, der rundherum von Häusern umgeben war, in denen sich überwiegend Büroräume, aber auch Wohnungen und ein kleines Café befanden.

»Marvins Vater arbeitet doch im Stadtrat«, sagte Dina.

Sarah nickte. Sie erinnerte sich, dass das schon mal jemand erwähnt hatte.

»Und seiner Mutter gehört das Café. Cool nich?« Dina grinste und ging zielstrebig auf den schmalen Hauseingang gleich neben dem Café zu. Es gab im Ganzen sechs Klingelschilder. Vier schienen privat zu sein. Eins gehörte zu einem Maklerbüro, das andere zu einer Anwaltskanzlei.

»Das is der echte Beruf von seinem Vater«, sagte Dina und tippte gegen das goldene Schild der Kanzlei. »Ganz schön edle Familie.«

Sarah zuckte die Schultern. Sie hatte noch nie besonderen Wert auf solche Äußerlichkeiten gelegt.

»Und?«, drängelte sie. »Sagst du mir jetzt endlich, was wir hier überhaupt machen?«

Über Dinas Mundwinkel huschte ein geheimnisvolles Lächeln. Sie zog einen Briefumschlag aus ihrer Jackentasche und hielt ihn Sarah unter die Nase.

»Ein Liebesbrief!«, rief Sarah überrascht.

Dina nickte. »Und was für einer!«, betonte sie.

Vorsichtig schob sie den Umschlag unter das Messingschild, bis nur noch ein schmaler Streifen mit einigen Herzchen hervorlugte.

»Und dafür rennen wir mitten in der Nacht hierhin«, zischte Sarah empört. »Du hättest ihm den genauso gut auch morgen Vormittag in den Rucksack schmuggeln können.«

»Oder du«, sagte Dina.

»Ja, oder ich.« Sarah war total genervt. Nicht nur, weil Dina sie mit dieser Aktion um ihren wertvollen Schlaf gebracht hatte, sondern auch, weil sie sich nicht vorstellen konnte, dass Marvin sich durch einen Liebesbrief noch groß beeindrucken ließ. Immerhin wurde er nun schon seit Wochen mit Nellys Schriftstücken bombardiert. Und bestimmt bekam er auch von vielen anderen Mädchen ähnliche Briefe.

»Natürlich habe ich nich richtig unterschrieben«, plapperte Dina unterdessen weiter.

»Toll«, brummte Sarah. »Dann weiß er ja gar nicht, von wem er ist.«

»Ach, ein bisschen Rätseln ist doch spannend«, meinte Dina. »Außerdem ist das noch nich alles.«

Sie versenkte die Hände in ihren Jackentaschen, grub darin herum, zog sie wieder raus und schleuderte sie in die Luft.

»Konfetti!«

Im Licht der Laterne sah Sarah hunderte kleiner bunter Papierherzen zu Boden segeln.

»Romantisch, nich?«, schwärmte Dina. »Und jetz gib schon zu: Das hätte ich in der Schule nich machen können.«

Allerdings, dachte Sarah. Jedenfalls nicht ohne sich zu blamieren.

Nachdem alle Herzchen verteilt waren, begutachtete Dina noch einmal zufrieden ihr Werk, dann hakte sie sich bei Sarah unter und zog sie wieder auf die

Gasse zu. »Und ganz im Dunkeln muss er bei dem Brief ja auch nich tappen. Ich habe nämlich ein großes D darunter gemalt.«

Sarah verdrehte die Augen.

»D wie Dana, Dörte …«

»… und Dina«, vervollständigte Dina ihre Aufzählung. »Mehr Mädchen mit D-Namen gibt es in der Unterstufe nich.«

Sarah sagte nichts mehr dazu. Die Gedankengänge einer Verliebten waren ihr einfach zu hoch.

Um Viertel vor vier waren sie wieder bei der Sardinenburg.

»Mann du«, stöhnte Sarah. »So was mach ich nie wieder. Ich bin hundemüde. Und außerdem ist mir schweinekalt.«

Geduckt flitzten sie von einem Busch zum anderen über die Rasenfläche auf die Burg zu. Plötzlich ertönte hinter ihnen ein lautes Grunzen.

Sarahs Nacken wurde stocksteif. »W-was war d-das?«, stotterte sie.

»Das Parkgespenst-ruaaarrrr!«, grunzte das Etwas.

Die Mädchen kreischten leise auf und rasten dann, so schnell sie konnten auf das Fenster vom Tischtennisraum zu. Dort schmiss Dina sich gegen die Wand und verschnaufte erst einmal.

»Das waren garantiert bloß ein paar blöde Mittelstufenschüler«, keuchte sie. »Trotzdem: Sie haben mir voll den Riesenschreck eingejagt. Und wenn ich geschockt bin, krieg ich immer einen Bärenhunger.«

»Bis zum Frühstück sind es aber noch über drei Stunden«, sagte Sarah japsend.

»Eben«, brummte Dina. Sie packte den Griff und öffnete das Fenster. »Los, du zuerst!«, befahl sie. »Wenn wir uns beeilen, können wir uns noch was aus der Küche mopsen, bevor dort der Betrieb losgeht.«

»Du spinnst ja wohl«, knurrte Sarah. »Ich hab überhaupt keinen Hunger. Ich bin todmüde.«

Dina stemmte die Hände auf die Hüften. »Schon mal was von Solidarität gehört?«, schnaubte sie.

»Stell dir vor, hab ich«, erwiderte Sarah. Sie war so wütend, dass sie Dina am liebsten eine geknallt hätte. Stattdessen sagte sie: »Was hab ich dir zuliebe nicht schon alles getan. Ich finde, so langsam wird es Zeit, dass du auch mal was für mich tust.«

»Was denn?«, schnappte Dina. »Mich etwa zu dir ins Bett kuscheln, damit du gut einschlafen kannst?«

»Ach, du bist blöd«, brummte Sarah. Sie ließ sich ins Gras fallen und schob ihre Beine zuerst durch das Fenster.

»Und du bis langweilig«, konterte Dina. »Stinklangweilig.«

»Dann bin ich's eben«, sagte Sarah.

Mittlerweile war sie auf der Tischtennisplatte angekommen. Vorsichtig setzte sie sich hin und ließ sich dann auf den Boden hinunter. Dina folgte ihr auf dem

Fuß. Danach rückten sie die Platte wieder in die Mitte des Raumes und schlichen schweigend zum Treppenaufgang zurück.

»Macht es dir wirklich nix aus, langweilig zu sein?«, bohrte Dina.

»Jetzt hör schon auf«, erwiderte Sarah. »Du kannst mich nicht provozieren.«

Sie rannte die Treppe hinauf und wollte in Richtung Schlafräume abbiegen. Sie hatte endgültig die Nase voll. Doch Dina schien nicht daran zu denken, schon aufzugeben. »Jetzt hab dich nich so«, zischte sie und hielt Sarah von hinten am Pulli fest. »Auf die halbe Stunde kommt es ja nun auch nicht mehr an, oder?«

Sarah machte sich los und fuhr herum. »Mann, du nervst!«, knurrte sie. »Weißt du das eigentlich?«

Dina grinste. »Is mir bekannt.«

Sarah stöhnte. Dieser Verrückten war einfach nicht beizukommen. »Also gut«, gab sie schließlich nach. »Aber spätestens in einer halben Stunde will ich wieder in den Federn liegen.«

Immerhin gelang es den Mädchen, unbehelligt in die Küche zu gelangen, aber leider fanden sie dort nichts, was Dina zusagte. Sie hatte zwar einen Bärenhunger, wie sie immer wieder betonte, aber leider nicht auf unaufgebackene Brötchen, Kräuterquark, Marmelade oder Nutella pur.

»Der Käse da wär voll okay«, murmelte Dina,

während sie fröstelnd in der Kühlkammer standen. »Aber er is leider ein bisschen groß.«

»Dann schneid dir doch ein Stück ab«, schlug Sarah entnervt vor. Sie rannte in die Küche und holte ein großes Messer. »Hier bitteschön.«

»Mit dir kann man arbeiten«, sagte Dina stolz. Sie hievte das Käsewagenrad aus dem Regal, legte es auf den kalten Steinboden und fing an zu säbeln. »Möchtest du auch was?«, fragte sie Sarah und hielt ihr ein Stück unter die Nase.

Doch die hob abwehrend die Hände. »Lieber nicht«, sagte sie. »Sonst kann ich gleich überhaupt nicht mehr schlafen.«

»Jetz hör doch mal auf, ständig nur vom Pennen zu quasseln«, erwiderte Dina, die genussvoll schmatzend ein Stück Käse nach dem anderen vertilgte. »Das macht einen ja total gähnig.«

»Ich *bin* gähnig«, murmelte Sarah mehr zu sich selbst. Außerdem war es ihr im Kühlraum viel zu kalt. Sie verstand gar nicht, wie Dina ohne mit der Wimper zu zucken auf dem eisigen Boden knien konnte. Sie schlang die Arme um ihren Oberkörper, rieb sich fröstelnd die Schultern und ging in den Nebenraum zurück, in dem die Vorräte lagerten, die nicht gekühlt werden mussten.

Staunend ließ sie ihren Blick über die prall gefüllten Regalreihen wandern. Es gab Hirse- und Reispackungen in Hülle und Fülle, Nudeln in allen erdenklichen Formen, Konserven aller Art und ohne Ende. Nur die

Fischkonserven gingen ziemlich zur Neige. Besonders von den Ölsardinen gab es gerade mal noch zwölf kleine ovale Dosen.

»Ich verstehe gar nicht, was Nelly daran findet«, sagte Sarah zu Dina, die inzwischen offenbar gesättigt war und ebenfalls im Vorratsraum auftauchte. »Die sind so ekelhaft fettig und triefig.«

»Interessiert mich doch nich«, brummte Dina. »Von mir aus kann die Kuh Putzlappen essen oder Einweckgummis.« Sie deutete auf die Sardinendosen. »Jedenfalls freut es mich für sie, dass die Fischlein bald alle sind.« Plötzlich hellte sich ihre Miene auf. »Noch besser wäre es allerdings, wenn die Dinger jetzt schon weggefuttert wär'n.«

»Sind sie aber nicht«, erwiderte Sarah. »Und jetzt komm, ich will endlich ins Bett. Hast du eigentlich den Käse wieder eingepackt und weggeräumt?«

»Klar, was denkst du denn?« Dina trat an das Regal und fischte sechs Ölsardinendosen heraus. »Hier, die stopfst du dir unter den Pulli. Die restlichen nehme ich.«

»Spinnst du jetzt total oder was?«, empörte Sarah sich.

»Nee, aber ich hab doch gerade gesagt, dass die wegmüssen.«

»Und wohin?«, fragte Sarah.

Dina überlegte. Dann huschte auf einmal ein spitzbübisches Lächeln über ihr Gesicht. »Am besten unter Nellys Bett.«

»Bist du verrückt! Wieso das denn?«

»Na, da kannst du sie am besten finden und Nelly gleich verpetzen«, sagte Dina.

Sarah schüttelte so energisch den Kopf, dass ihre kastanienbraunen Haare hin und her flogen. »Das kannst du knicken«, brummte sie. »Das mach ich nicht. Ich muss schließlich noch mit ihr zusammenwohnen.«

Erstaunlicherweise zeigte Dina sich sofort einsichtig. »Okay, dann finde ich die Teile eben, wenn ich dich mal besuche«, schlug sie vor. »Mir ist es nämlich total egal, was die alte Zicke von mir denkt.«

Sarah wäre es natürlich tausendmal lieber gewesen, wenn Dina diese blödsinnige und auch gemeine Idee gleich wieder über den Jordan geschickt hätte, aber das konnte sie wiederum vergessen. Offensichtlich war Dina bereit alles, aber auch wirklich alles zu tun, um Nelly den guten Ruf zu vermiesen.

Und so blieb Sarah nichts anderes übrig, als ihren Dosenanteil zu übernehmen und gemeinsam mit Dina zu ihrem Zimmer zurückzuschleichen. Auf den Gängen begegnete ihnen niemand und zum Glück schliefen auch Jane und Nelly bombenfest.

»Diese alte Kuh«, wisperte Dina. »Am liebsten würde ich ihr das dumme Puppengesicht einteeren.«

»Schsch!« Sarah presste den Zeigefinger auf ihre Lippen.

Sie huschten zu Nellys Bett hinüber und schoben die Sardinendosen möglichst weit darunter.

»Okay«, flüsterte Dina. »Morgen Nachmittag besuch ich dich und dann gibt's die ultragroße Riesenüberraschung. Echt.«

»Ja, ja.« Sarah nickte und schob Dina energisch in Richtung Tür. »Bis nachher. Schlaf gut.«

Sarah klemmte sich die Bettdecke unter die Achseln und schloss die Augen. Jetzt bloß schnell einschlafen, dachte sie. Aber das konnte sie wohl vergessen. Immer wieder wanderten ihre Gedanken zu den Ölsardinen unter Nellys Bett. Konnte sie es wirklich zulassen, dass Dina ihrer Zimmergenossin einen Diebstahl in die Schuhe schob? – Die Antwort war so einfach wie klar, nämlich: Nein, auf gar keinen Fall! Und das machte die Angelegenheit nun wirklich kompliziert.

Kurzentschlossen stand Sarah wieder auf und tapste zu Nelly hinüber. Erst mal mussten die Sardinen da weg. Sie legte sich flach auf den Boden, angelte eine Konserve nach der anderen unter dem Bett hervor und trug sie zu ihrem Schreibtisch hinüber. Doch wohin jetzt damit? Womöglich würde Dina morgen das ganze Zimmer absuchen, wenn sie die Dosen nicht unter Nellys Bett fand. Sarah blickte sich um. Ein paar davon konnte sie vielleicht zwischen ihren Klamotten verstecken, aber auch nicht für ewig. Im Prinzip gab es nur zwei Möglichkeiten: Entweder sie brachte das ganze Zeug wieder in die Küche zurück – oder sie aß es auf.

Allein schon die Vorstellung an das ölige Zeug jagte Sarah einen Brieselschauer nach dem anderen über den Rücken. Nochmal ganz allein durch die Burg schleichen wollte sie allerdings erst recht nicht. Und außerdem musste sie ja vielleicht auch nicht alles auf einmal futtern. Jeden Tag eine Dose, und dann wäre die Sache Ende nächster Woche im wahrsten Sinne des Wortes gegessen.

Sarah öffnete ihren Kleiderschrank und verteilte elf Konserven zwischen ihren Pullis, T-Shirts, Hosen und Unterhosen. Mit der zwölften in der Hand ließ sie sich auf den Stuhl sinken. Sie kramte ihr Schweizer Taschenmesser hervor, spreizte den Dosenöffner ab und hebelte die Konserve auf. Der ölige Sardinengeruch, der ihr daraus entgegenquoll, ließ sie beinahe ohnmächtig werden. Hastig hielt sie sich die Nase zu und versenkte ihre Finger langsam in der fettigen Masse. Sie begann mit einem ganz kleinen Stück, das sie sich vorsichtig in den Mund schob.

Als Sarahs Zunge das Fischfleisch berührte, schnürte sich ihr der Hals zu und sie fing fürchterlich an zu würgen. Igitt! – War das ekelhaft! Sarah öffnete den Mund und ließ das Fischstück in ihre hohle Hand fallen. Angewidert starrte sie es an. Aber es half ja nichts. Es musste in ihren Magen, ob sie nun wollte oder nicht.

»Auf ein Neues«, raunte sie sich selber Mut zu. »Dich werd ich schon kleinkriegen.« Mit einem Schwupps bugsierte sie das Sardinenstück in ihren Mund zurück und kaute todesmutig drauflos. Mit zusammengekniffenen Augen und angehaltenem Atem schaffte sie es nun in Null Komma nix. Ohne lange zu überlegen, fischte Sarah das nächste öltriefende Stück aus der Dose und schluckte es grob zerkleinert hinunter. Innerhalb von zwei Minuten waren die Sardinen verfuttert und die schmierige Dose in Papier gewickelt und im Rucksack verstaut.

Erschöpft sank Sarah ins Bett. Ihr war kotzübel und sie tat bis zum Morgen kein Auge mehr zu. Aber sie wusste, sie würde es trotzdem überleben.

Zoff!

Im Gegensatz zu Sarah war es Dina nicht anzumerken, dass sie in der vergangenen Nacht kaum geschlafen hatte. Sie war außerordentlich fröhlich und aufgedreht. Ständig scharwenzelte sie um Marvin herum, so als ob sie darauf wartete, dass er jeden Moment über sie herfallen und abknutschen würde.

Nelly scharte unterdessen den Großteil der Klassenkameraden um sich und schwärmte ihnen von ihrem Vater vor. »Er wird mich vor Weihnachten hier abholen und sich das Theaterstück anschauen«, protzte sie herum. »Er ist so wahnsinnig stolz auf mich, das könnt ihr glauben. Und er hat mir sogar versprochen, dass er für uns alle ein Extrakonzert geben wird.«

»Supi!«, rief Jane.

Die meisten anderen fanden das auch cool. Nur ein paar wenige verdrehten die Augen und wandten sich ab. »Angeberin«, murmelten sie, oder: »Eingebildete Tussi.«

Aber das störte Nelly nicht im Geringsten. »Die haben eben alle keine Ahnung«, erklärte sie Sarah in der großen Pause, als sie sich *zufällig* in der Toilette trafen. »Schließlich hat keiner von ihnen so einen tollen Vater wie ich.«

Sarah war genervt. Von Dina und von Nelly. Außerdem war ihr hundeelend bei dem Gedanken, dass sie nachher schon wieder eine Sardinenbüchse verdrücken musste. Einen Moment dachte sie sogar darüber nach, das ganze Zeug einfach wegzuschmeißen. Aber diese Idee verwarf sie gleich wieder. Esssachen so mir nichts, dir nichts in den Müll zu befördern war nun mal nicht ihr Ding.

Sarah gähnte alle zwei Minuten und konnte sich kaum auf den Unterricht konzentrieren. Zum Glück ließen Herr Knoche und die anderen Lehrer sie in Ruhe und sie musste keine Sonderleistung erbringen.

Nach der letzten Unterrichtsstunde eilten die Internatsschüler sofort in die Burg rüber. Von der gestrigen Hitze war nichts mehr übrig. Im Gegenteil. Es war kühl und regnerisch und ziemlich windig und alle versuchten, einigermaßen trockenen Fußes hinüberzukommen. Im Fernsehraum herrschte schon bald eine große Aufregung. Theresa Drillie war der Auslöser für den Tumult.

»Marvin muss sich endlich äußern!«, rief sie quer durch den Raum. »Wer ist noch dafür?«

Sofort schossen an die zwölf Arme in die Höhe.

»Find ich auch«, sagte eine Siebtklässlerin. »Er hat so viele Verehrerinnen. Er muss doch wenigstens in eine von uns verknallt sein.«

»Ich würde mich zur Not auch abwechseln«, bekundete Dörte. »Aber nur mit Chantal und Theresa.«

Dina verdrehte die Augen.

»Die hamse ja nich mehr alle, die Drillies«, raunte sie Sarah zu. »Ich würde Marvin niemals teilen. Eher verzichte ich.« Sie seufzte tief. »Ich hoffe, er steht nich ausgerechnet auf diese blöden Zicken.«

»Glaub ich nicht«, murmelte Sarah, allerdings weniger, weil sie wirklich davon überzeugt war, sondern vielmehr weil sie wollte, dass Dina mit diesem Thema endlich Ruhe gab.

»Okay!«, brüllte unterdessen Theresa. »Wer fragt ihn?«

Es meldete sich ein Krauslockiger aus der Neunten, der vor dem Fernseher saß und sich einen Dokumentarfilm über ein afrikanisches Naturvolk reinzog. »Ich.«

Alle glotzten ihn an.

»Du?«, stieß Dörte hervor. »Wieso denn du?«

Tibor grinste von einem Ohr zum anderen. »Damit endlich mal Schluss ist mit diesem babyhaften Liebes-Theater.«

»Unverschämtheit!«, keifte Chantal. »Du hast ja überhaupt keine Ahnung!«

Theresa nickte bestätigend.

»Na, ihr müsst es ja wissen«, brummte Tibor. »Aber vielleicht darf ich euch trotzdem einen Tipp geben …«

Dörte, Chantal und Theresa, Nelly und Jane und die anderen blickten sich untereinander fragend an. Schließlich sagte Nelly: »Okay, wieso eigentlich nicht? Lass mal hören«, forderte sie Tibor auf.

»Warum fragt ihr Marvin nicht endlich ganz direkt?«

»Oaah!« Theresa verdrehte die Augen. »Toller Tipp! Echt! Das ist doch langweilig.«

»Ihr braucht also ein bisschen mehr Spannung?«, hakte er nach. »Dann startet doch eine repräsentative Umfrage unter allen Jungs der sechsten und siebten Klassen, wen von euch sie am nettesten finden.«

»Was hat denn das mit Marvin zu tun?«, entgegnete Chantal.

Tibor zuckte grinsend die Schultern. »Nichts. Aber es ist doch eine spannende Sache, oder?«

Einige nickten, andere lachten und alle murmelten irgendwie durcheinander.

»Ich lass mich nicht von den Weibern befragen!«, brüllte ein Siebtklässler los. Er trommelte mit drei Fingern gleichzeitig auf seiner Stirn herum. »Ich bin doch nicht bekloppt!«

Die anderen Jungen nickten. »Wenn schon, dann

machen wir diese Befragung selbst«, sagte einer aus Sarahs Parallelklasse.

Dieser Vorschlag schien auf allgemeine Zustimmung zu treffen. Die meisten Jungs nickten – und liefen knallrot an.

Plötzlich zeigte Nils auf die Uhr.

»Leute«, rief er, »es ist höchste Zeit, den Ort zu wechseln.« Er rieb sich über den Bauch. »Futter einfahren.«

Er stieß die Tür auf und die anderen folgten ihm laut quasselnd zum Speisesaal, wo die Achtklässler, die an diesem Tag Küchendienst hatten, bereits damit begonnen hatten, Essen und Getränke zu verteilen.

»Ein bisschen mehr Ruhe, bitte«, wurden sie sogleich von Herrn Buchstedt ermahnt.

Augenblicklich ging das Gequassel in ein gleichmäßiges Gemurmel über. Alle machten sich über das Mittagessen her, Hähnchenschenkel mit Pommes und Salat.

Doch die Ruhe währte nicht lange. Denn plötzlich ertönte eine hysterisch kreischende Stimme vom Flur her.

»Paaaanik-Poooooost! Liiiieeeebesbrieeeefe! Eeeeelternschiiimpfe!«

Kurz darauf tauchte Hausmeister Kegel mit einem wild mit den Flügeln schlagenden Christopherus auf der Schulter in der Tür auf.

Sofort erhob sich Herr Buchstedt von seinem Stuhl und wedelte mit dem Arm in der Luft herum.

»Nicht mit dem Papagei in den Speisesaal!«, rief er dem Hausmeister zu. »Das wissen Sie genau.«

»Schon gut«, erwiderte Herr Kegel und machte eine beschwichtigende Handbewegung. »Ich konnte ja nicht ahnen, dass die Kinder noch nicht fertig sind.« Er stellte die Holzkiste, die er in den Händen trug, auf dem Boden ab. »Dann lasse ich die Post eben hier. Ist gar kein Problem.«

»Ich hätte nie gedacht, dass der Buchstedt so zimperlich ist«, raunte Sarah Tini zu. »Eigentlich war er bisher doch immer ganz nett.«

Tini schüttelte den Kopf. »Klar, nett ist er natürlich schon«, gab sie zu. »Aber er hat einen tierischen Ordnungsfimmel. Musst du mal Chris fragen oder einen der anderen Jungs. Außerdem mag er keine Tiere.«

»Echt nicht?«

»Nee, mag er nicht«, brummte Dina. »Man darf hier nich mal seine private Fliege halten, geschweige denn einen Hamster, eine Schildkröte oder so.«

»Und was ist mit Christopherus?«, fragte Sarah erstaunt.

»Tja, das«, meinte Tini gedehnt, »ist ja eine ganz spezielle Geschichte. Der Papagei gehörte dem Vater von Herrn Kegel. Der ist aber letztes Jahr gestorben und unser Hausmeister hätte gekündigt, wenn er Christopherus nicht hätte behalten können.«

Dina nickte.

»Das hat den Buchstedt aber erst mal gar nich gejuckt. Hausmeister sind ersetzbar, hat er rumgetönt.

Aber dann haben alle Internatsschüler einen Brief an die Behörde geschrieben und Herr Kegel durfte bleiben.«

Tini nagte nachdenklich an ihrem Hähnchenschenkel. »Ich glaube, für den Buchstedt ist der Fall aber noch lange nicht erledigt«, orakelte sie schmatzend.

Nach dem Hühnchen gab es Apfelkompott mit Vanillesoße und zu guter Letzt noch eine weitere überraschende Standpauke von Herrn Buchstedt. Und sie hatte wieder mit Tieren zu tun. Diesmal allerdings mit toten.

Der Internatsleiter reckte sein breites Kinn hervor.

»Wie die Köchin mir heute Vormittag mitteilte, ist in der vergangenen Nacht etwas höchst Unerfreuliches geschehen«, brüllte er mit scharfer Stimme durch den Saal. »Und zwar wurden die letzten Vorräte an Sardinenkonserven entwendet.«

Sarah zuckte zusammen. Klar, dass der Sardinenklau nicht unbemerkt und unkommentiert bleiben würde. Sie zog den Hals ein und guckte zu Dina, die ihrerseits mit einem fetten Grinsen im Gesicht zu Herrn Buchstedt hinübersah, der nach einer kleinen Atempause mit seiner Standpauke fortfuhr.

»Ich werde den Dieb mit aller Konsequenz verfolgen und mit ebensolcher Härte bestrafen«, verkündete er, während er mit seinen Hacken auf und ab wippte. »Es wird sicher nicht schwer sein, ihn ausfindig zu machen. Soweit ich weiß, gibt es hier ein paar wenige Bewohner, die sich ständig über die Fischgerichte beschweren. Ungeschoren bleibt nur der, der die Dosen wieder zurückbringt.«

»Aber …« Dina sprang auf und fuchtelte wie verrückt mit der Hand herum. »Es kann doch genauso gut auch einer gewesen sein, der den Hals nich voll kriegt von den Viechern.«

Bevor Jane und Nelly im Zimmer auftauchten, würgte Sarah sich rasch die nächste Dose Ölsardinen rein. Sie musste sie jetzt unbedingt so schnell wie möglich verputzen. Oder – bevor der Buchstedt sie fand – eben doch wegschmeißen.

Nachdem sie sich die Finger sauber gewischt hatte, stürzte sie sich auf die Hausaufgaben. Knapp zehn Minuten hatte sie Ruhe, dann stürmten Nelly und Jane ins Zimmer.

Jane warf einen Blick über Sarahs Schulter und verdrehte die Augen. »Oah, immer noch Hausis«, stöhnte sie. »Nelly und ich sind längst fertig.«

Sarah zuckte die Achseln. »Und?«, erwiderte sie, ohne aufzugucken.

»Nix und.« Jane schüttelte den Kopf und wanderte in ihren Zimmerteil hinüber. »Ich glaube, du hast die Regeln hier noch nicht ganz getickt«, fuhr sie fort und schaltete ihren CD-Player ein.

Der neueste Hit von *Jeanette* tönte aus den Lautsprechern.

Sarah fuhr herum und blitzte Jane wütend an. »Kannst du damit nicht warten, bis ich fertig bin?«

»Geh doch in den Gemeinschaftsraum«, entgegnete Jane, während sie im Takt der Musik mit dem Hintern wackelte. »Da machen andere auch ihre Hausaufgaben.«

»Danke für den Tipp«, brummte Sarah und tippte sich an die Stirn. Als ob sie das nicht längst wüsste! Meistens fand sie es aber zu unruhig in dem großen Raum und ging selten dorthin.

»Deine Lala nervt aber wirklich«, sagte Nelly und startete ihren CD-Player ebenfalls. Natürlich schallte die Musik ihres Vaters durch den Raum.

»He, was soll das?«, keifte Jane los und stürzte auf Nelly zu. »Du hörst dauernd deine Musik. Und ich? Ich darf meinen Player immer nur anmachen, wenn du gerade nicht da bist.«

»*Jeanette* ist ja wohl auch oberätzend«, knurrte Nelly und drehte ihren Vater noch etwas lauter.

»Ph!«, machte Jane und schob den Volumenregler ihres CD-Players nun ebenfalls weiter nach oben. Das Spielchen ging so lange hin und her, bis beide Player ihre volle Lautstärke erreicht hatten.

Sarah hielt sich die Ohren zu. »Seid ihr eigentlich total verrückt geworden?«, schrie sie.

»Ich?«, schnaubte Jane. Dunkelrot vor Zorn zeigte sie auf ihre Freundin. »Die da! Die denkt, sie könnte über alles bestimmen. Aber nicht mit mir. Ich lass mir das nicht länger gefallen.« Sie würgte *Jeanette* den Ton ab, stampfte mit dem Fuß auf und brauste anschließend auf die Tür zu. »Ich geh jetzt zu Rabea.«

»Dann geh doch!« Nelly verschränkte die Arme über der Brust und funkelte Jane wütend an. »Alte Petze!«

Jane warf den Kopf in den Nacken, riss die Tür auf und knallte sie hinter sich zu. Fünf Sekunden später stellte Nelly ihren Player aus und zwinkerte Sarah zu. »Das muss sie Rabea erst mal beweisen, dass ich immer Musik höre und sie nie.«

»Ist doch aber so«, sagte Sarah.

Nelly kniff ihre Augen zusammen. »Was soll das denn jetzt? Stehst du etwa auf Janes Seite?«

»Nein.« Sarah schüttelte den Kopf. »Trotzdem hat sie in diesem Fall Recht.«

»Und wenn schon«, brummte Nelly. »Ich kann diese quäksige *Jeanette* nun mal nicht ertragen.«

»Und ich würde gerne meine Hausaufgaben machen«, sagte Sarah und beugte sich wieder über ihr Heft.

In diesem Moment klopfte es an der Tür.

»Mann, ist Rabea heute aber höflich«, meinte Nelly und ließ sich rücklings auf ihr Bett fallen.

»Ja«, sagte Sarah mit klopfendem Herzen.

Sie vermutete hinter dem Klopfen nämlich jemand ganz anderen, und sie lag absolut richtig. Es war Dina. »Hi«, begrüßte sie Sarah und wanderte schnurstracks in Nellys Zimmerteil.

»He!«, zischte Nelly. »Hau ab. Hier hast du nichts verloren.«

Dina zuckte die Achseln. »Und wenn doch?«, erwiderte sie und begann auf Nellys Nachtschränkchen herumzukramen. »Wo ist eigentlich Jane?«

»Sie holt gerade Rabea«, sagte Sarah.

»Rabea?« Dina hob die Augenbrauen. »Das trifft sich aber gut«, meinte sie und grinste.

Sarah stöhnte leise und räumte ihre Schulsachen zusammen. Die Hausaufgaben würde sie wohl später machen müssen.

»Was willst du eigentlich?«, fragte sie und versuchte dabei möglichst freundlich zu wirken.

»Na, was wohl«, sagte Dina. »Dich besuchen.«

»Könnt ihr dann nicht einfach woanders hingehen?«, knurrte Nelly.

»Klar«, erwiderte Dina und glotzte angestrengt auf den Boden vor Nellys Bett. »Ich find's sowieso ziemlich ätzend hier. Vom Teppich mal abgesehen.«

Nelly tockte sich geräuschvoll gegen die Stirn. »Hast du sie noch alle?«

»Nee, echt«, meinte Dina. »Diese alten Teppiche sind viel besser als zum Beispiel die neuen, die wir im Südflügel bekommen.« Sie ließ sich auf die Knie runter und strich mit beiden Händen über den Teppichboden. »Viel flauschiger ... Besonders unterm Bett.«

Zwei Sekunden später lag sie bereits flach auf dem Boden und wedelte mit den Armen unter Nellys Bett herum.

»He, was soll das?«, knurrte Nelly. Sie packte Dina an den Füßen und versuchte sie zurückzuziehen. –

Vergeblich. Dina schien wie Pattex auf dem Boden festzukleben.

Wütend stemmte Nelly die Hände auf die Hüften. »Du tickst ja nicht mehr richtig«, schnaubte sie. »Woher willst du überhaupt wissen, welche Teppiche wir in den neuen Zimmern bekommen?«

»Weiß ich eben«, ertönte es unterm Bett.

Sarah zog es vor, sich geschlossen zu halten. Gleich würde Dina feststellen, dass die Sardinenbüchsen verschwunden waren. Und wenn sie Glück hatte, passierte das noch, bevor Jane mit Rabea zurückkam. Aber Dina hatte Pech. Genau in dem Moment, als sie bis zu den Hüften unter dem Bett verschwunden war, öffnete sich die Tür und die beiden Mädchen kamen herein.

»Was ist denn hier los?«, fragte Rabea und rückte ihre Brille zurecht, während sie kopfschüttelnd auf Dinas Hintern starrte.

»Ach, die prüft bloß die Qualität unseres Teppichbodens«, erklärte Nelly ihr. »Sie behauptet nämlich, dass der neue schlechter ist als dieser hier.«

»Wer's glaubt, wird selig«, schnaufte Jane. »Die will doch bloß hier rumschnüffeln.«

»Stimmt das?«, fragte Rabea streng.

»Quatsch«, sagte Dina. Sie rappelte sich auf die Füße, warf Sarah einen finsteren Blick zu und spazierte ohne jeden weiteren Kommentar aus dem Zimmer.

Natürlich war Dina sauer. Denn für sie war die Sache sonnenklar: Sarah hatte die Fischdosen unter Nellys Bett hervorgeholt und in die Küche zurückgebracht. Dafür sprach nämlich auch, dass in den folgenden Tagen kein einziges Wort mehr über fehlende Sardinenvorräte erwähnt wurde und bereits am nächsten Abend wieder welche aufgetischt wurden.

Aber Dina war nicht nur sauer. Sie war auch enttäuscht. Und das machte Sarah ziemlich zu schaffen. Ganz kurz hatte sie mit dem Gedanken gespielt, Dina gegenüber so zu tun, als ob die Fischbüchsen von ganz alleine oder durch die Hand eines Unbekannten verschwunden wären, aber das bekam sie einfach nicht hin. Scheinheiligkeit war nun mal nicht ihre Sache. Und so blieb diese Angelegenheit wie eine Wand zwischen den beiden Mädchen stehen. Zwar gingen sie sich nicht aus dem Weg, aber sie redeten nur das absolut Nötigste miteinander.

Bis auf die zwei Nachmittage in der Woche, an denen Sarah mit Nelly den Reitkurs besuchte, hing sie nun meistens allein herum, lernte für die Schule, verschlang Bücher oder schrieb Briefe nach Hause.

So verging die Zeit und bald schon brach die zweite Novemberwoche an. Die Texte für das Theaterstück waren gelernt und die Proben sollten beginnen.

»Bist du nicht total aufgeregt?«, fragte Sarah Nelly, als sie sich am Eingangstor des Reiterhofs Schirmeck trafen. »Immerhin wirst du Marvin bald küssen.«

Nelly nickte. Sie war aufgeregt. Aber nicht so sehr,

wie sie selber gedacht hatte. »Irgendwie denk ich gar nicht mehr so wahnsinnig viel an ihn«, erzählte sie.

»An Marvin?«, fragte Sarah erstaunt. »Heißt das, du liebst ihn gar nicht mehr?«

Nelly zog die Schultern hoch und ließ sie wieder fallen. »Ich weiß nicht. Irgendwie schon.« Während die Mädchen auf die Reithalle zuliefen, schien Nelly nach den passenden Worten zu suchen. »Also, ich meine, ich finde ihn immer noch furchtbar nett und auch, dass er gut aussieht und so«, meinte sie schließlich.

Sarah wusste nicht, was sie darauf sagen sollte. Liebesangelegenheiten schienen noch viel komplizierter zu sein, als sie bisher angenommen hatte.

»Lorenzo finde ich eigentlich auch sehr süß«, murmelte Nelly.

Sie hatten die Reithalle gerade betreten und schauten zu Mephisto, dem Hannoveranerwallach hinüber, auf dessen Rücken ein dreizehnjähriger Junge mit schulterlangen schwarzen Haaren und dunklen Augen saß. Britta, die junge Reitlehrerin, die ihre glatten, rotblonden Haare im Nacken zu einem Schwanz zusammengebunden hatte, stand in der Mitte und rief ihm Anweisungen zu.

»Ich weiß gar nicht, was sie hat«, meinte Nelly. »Ich finde, er macht das perfekt.«

Sarah erwiderte nichts, sondern starrte schweigend zu Lorenzo hinüber, der wie ein nasser Sack auf Mephisto hockte und nicht wirklich zu wissen schien, dass es zwischen Zügeln und Fahrradlenkern gravierende Unterschiede gab. Unter perfekt verstand sie wirklich etwas anderes.

»Also, du kannst das besser«, sagte sie schließlich.

»Na ja.« Nelly zuckte die Schultern. »Kann schon sein.«

Sarah fand, dass das für ein selbstbewusstes Mädchen wie sie ungewöhnlich bescheiden klang. In Wahrheit lernte Nelly doppelt so schnell wie alle anderen. Sobald sie im Sattel saß, schien sie mit den Pferden zu verwachsen und alles, was Britta ihr erklärte, kapierte sie sofort. Sarah selber war da viel umständlicher. Es hatte eine Ewigkeit gedauert, bis sie überhaupt ohne Hilfe aufsteigen konnte. Und im Galopp zu reiten, traute sie sich immer noch nicht. Nicht mal auf der schönen gescheckten Amanda, die so sanft und friedlich war wie ein Lämmchen.

Dafür konnte Sarah bereits problemlos das Zaumzeug anlegen und aufsatteln. Und ganz besonders liebte sie es, die Tiere zu füttern und zu striegeln.

»Ich meine ja auch für einen Jungen«, fuhr Nelly fort. »Dafür kann Lorenzo es doch ziemlich supergut.«

Inzwischen waren auch alle anderen eingetroffen, die an dem Reitkurs teilnahmen. Sechs Mädchen und ein weiterer Junge. Zum Glück aber niemand aus dem Burginternat, der ausplaudern konnte, dass Nelly und Sarah miteinander befreundet waren.

»Eigentlich ist es doch blöd, dass wir immer noch

so ein Geheimnis daraus machen«, tastete Sarah sich vorsichtig nach der Reitstunde vor. Sie hatten Amanda in ihre Box geführt.

Nelly füllte den Wassereimer und stellte ihn der Stute unter die Nase. »Wieso?«, entgegnete sie. »Macht doch Spaß.«

»Ich weiß nicht«, murmelte Sarah, während sie Haferkörner in Amandas Futtertrog schaufelte. »Ich finde es eigentlich ziemlich stressig.«

Nelly zuckte die Achseln und grinste. »Ich nicht. Ich finde es total spannend.«

»Aber es macht überhaupt keinen richtigen Sinn mehr«, erwiderte Sarah. »Dina redet sowieso kaum noch mit mir. Und du und Jane, ihr habt in der letzten Zeit doch auch bloß Streit.«

Nelly schwieg. Vermutlich wollte sie sich nicht überzeugen lassen. Möglicherweise aber musste sie auch einfach nur ein wenig darüber nachdenken, dachte Sarah hoffnungsvoll und beschloss, Nelly erst einmal damit in Ruhe zu lassen und abzuwarten. Vielleicht arbeitete ja die Zeit für sie.

Probeläufe

»Es wäre schön, wenn die Bäume in Zukunft braune Hosen und grüne Oberteile trügen«, sagte Frau Schnippzig, nachdem Dina, Nils und Jane sich in einer Gruppe zusammengestellt und ihre Arme mit dekorativ abgespreizten Fingern in alle Richtungen ausgestreckt hatten.

»Och, wieso denn?«, murrte Nils. »Das ist doch nur 'ne Probe.«

Und Jane sagte: »Ich hab überhaupt keine braune Hose.«

Frau Schnippzig schüttelte unwillig den Kopf. »Auch, wenn das hier *nur* eine Probe ist«, entgegnete sie und fixierte Nils scharf, »bedeutet das nicht, es nicht so professionell wie möglich zu machen. Und was das fehlende Outfit betrifft ...« Sie deutete auf Janes geblümte Schlagjeans, »so kannst du dir ja vielleicht von jemandem was ausleihen. Ansonsten setzen wir dich eben als Blumenwiese ein.«

»Und Nelly und Marvin knutschen im Liegen«, kicherte Tini.

Sofort warf Dina ihrer Zimmergenossin einen finsteren Blick zu. Marvin schaute verlegen zum Fenster hinüber, Nelly schabte mit der Kante ihrer Sandalen über den Boden und Frau Schnippzig sagte: »Im Moment kann von Knutschen überhaupt nicht die Rede sein.«

»Heißt das, dass Marvin und Nelly sich überhaupt nicht küssen müssen?«, rief Jane.

Sarah bemerkte, dass sie verdächtig nah bei Tini stand. Ihr war ohnehin schon aufgefallen, dass die beiden immer wieder verstohlene Blicke tauschten. Ob sie sich heimlich angefreundet hatten? Gewundert hätte Sarah das nicht. Nach dem Theater mit der *Jeanette*-CD und Janes Petzerei herrschte immer noch äußerst dicke Luft zwischen Jane und Nelly.

»Doch, doch, natürlich werden sie sich küssen«, meinte Frau Schnippzig mit einem verträumten Glänzen in den Augen. »Aber nicht in jeder Probe.« Sie räusperte sich ausgiebig und allmählich wurde ihr Gesichtsausdruck wieder sachlich. »Da reicht es völlig, wenn sie nur so tun als ob.«

»Schade!«, stieß Nils hervor und auch die anderen guckten enttäuscht.

Sarah schielte unauffällig zu Nelly hinüber. Irgendwie wirkte sie erleichtert und auch Dinas Gesichtszüge hatten sich entspannt.

Dann ging die Probe endlich los und schon bald stellte sich heraus, dass die wenigsten ihre Texte bereits konnten, worüber Frau Schnippzig natürlich alles andere als erfreut war.

Einzig und allein Nelly und Marvin kannten ihre Kussszene bereits in- und auswendig. Sarah, die die rechte Armlehne und Füße der Bank darstellte, ließ Dina nicht aus den Augen und bemerkte, dass sie ständig ihre Lippen bewegte, auch dann, wenn die anderen stockten, so als ob sie den Text des gesamten Stücks vollkommen flüssig beherrschte. Nein, nein, das war doch ganz und gar unmöglich. Sarah konnte sich beim besten Willen nicht vorstellen, dass Dina das alles auswendig gelernt hatte. Wozu auch?

»Also gut«, durchkreuzte Frau Schnippzigs helle Stimme Sarahs Gedanken. »Dann gehen wir heute eben erst mal den letzten Akt durch und beginnen jetzt mit dem Streit zwischen *Mary* und *Samantha.*«

Sie nickte Nelly und Kathrin zu, die mit ihren Textbüchern in den Händen zögernd auf die Bühne traten. Der Streit zwischen den beiden verlief allerdings eher wie eine nette Unterhaltung und Frau Schnippzig wurde immer ungehaltener. »Was ist denn los mit euch?«, fragte sie wütend. »Sonst habt ihr doch auch keine Probleme damit, euch gegenseitig anzugiften.«

»Dann tauschen Sie doch Kathrin gegen Dina

aus«, schlug Frederik vor. »Die beiden können sich nämlich auf den Tod nicht ausstehen.«

Die Deutschlehrerin kniff die Augen zusammen und schien tatsächlich einen Moment über diesen Vorschlag nachzudenken. Dann allerdings schüttelte sie energisch den Kopf. »Nein, ich glaube, das scheint nur auf den ersten Blick eine gute Idee zu sein«, meinte sie. »Erstens bin ich nicht besonders erpicht darauf, dass die beiden ihre privaten Auseinandersetzungen mit auf die Bühne tragen, und zweitens hat Dina sich doch überhaupt noch nicht mit dieser Rolle beschäftigt. Sie müsste jetzt ganz schnell damit anfangen, den Text zu lernen ...«

»Aber das hab ich doch schon. Den kann ich total, echt«, fiel ihr der Baum, der aus Dina bestand, ins Wort.

Frau Schnippzig schaute verwundert zu ihr hinüber. »Das meinst du nicht ernst?«, vergewisserte sie sich.

»Doch, ich hab alles gelernt. Jede Rolle«, versicherte Dina ihr.

»Hm ...« Die Deutschlehrerin seufzte. »Nun ja«, sagte sie schließlich. »Ich hoffe, du verstehst mich nicht falsch, aber du weißt ja selber, dass deine Aussprache nicht immer die exakteste ist.«

Dabei betonte sie besonders das T am Ende des Wortes *nicht*.

Dina ließ ihre Astarme sinken. »Ich weiß«, gab sie kleinlaut zu. Doch dann reckte sie ihr Kinn vor und sagte laut, langsam und sehr deutlich. »Aber ich habe geübt. Ich sage jetzt nich mehr nich, sondern nicht.«

»Ha!«, feixte Nils. »Das hört man. Das schaffst du ja doch nur, wenn du dich megamäßig konzentrierst.«

»Schsch«, machte Frau Schnippzig, legte den Finger gegen ihre Lippen und schaute Chris mahnend an. »Ich möchte nicht, dass ihr euch darüber lustig macht.« Sie wandte sich wieder Dina zu. »Aber ich fürchte, Nils hat Recht. Es ist ganz prima, dass du dich um eine bessere Aussprache bemühst und ich finde es sehr lobenswert, dass du den ganzen Text gelernt hast. Daran können sich alle anderen hier ein Beispiel nehmen.«

Sarah fiel auf, dass Marvin zustimmend nickte. Aber Dina schien das leider nicht zu bemerken.

»Ich glaube trotzdem, bis zur Aufführung reicht das nicht aus«, fuhr die Lehrerin unterdessen fort. »Es ist viel schwieriger, mit einer alten Gewohnheit zu brechen, als du denkst. Vielleicht würdest du es schaffen, ganz und gar exakt zu sprechen, aber dann müsstest du dich sehr konzentrieren und damit würde dein Auftritt ganz zweifellos seine Lebendigkeit verlieren.«

Dina hatte Frau Schnippzigs Erklärungen kommentarlos über sich ergehen lassen und die ganze Probe über keinen einzigen Ton mehr gesagt, sondern nur wie eine besonders knorrige alte Eiche auf der Bühne herumgestanden. Am Ende war sie dann finster vor sich hingrummelnd abgedampft und Sarah glaubte, irgendwas von: »Das werdet ihr mir alle noch büßen«, verstanden zu haben.

»Was die sich einbildet«, schnaufte Nelly. »So eine wie die wird doch niemals Theater spielen können.«

»Wieso das denn nicht?«, erwiderte Marvin. Seine Augen funkelten wütend. »Nur weil sie ein bisschen schluderig redet? Es gibt Stücke, in denen muss man das sogar. Und ich glaube, dass Dina besonders gut schauspielern kann.«

Nelly lief kirschrot an. Sie schluckte und schaute schnell zur Seite.

Jetzt fängt sie bestimmt an zu heulen, dachte Sarah bestürzt. Zum Glück hackte niemand mehr in die gleiche Kerbe. Alle glotzten mehr oder weniger betreten vor sich hin, während Marvin nun langsam den Raum verließ. Sarah blickte ihm nachdenklich hinterher. Sie fand es toll, wie er Dina verteidigte. Schade eigentlich, dass sie es nicht mitbekommen hatte.

»So ein Blödmann!«, zischte Nelly. »Ich weiß gar nicht mehr, was ich an dem mal so toll fand.«

»Vielleicht liegt es daran, dass er dir nicht zu Füßen liegt«, erwiderte Jane schnippisch. »So wie die meisten anderen hier allmählich getickt haben, dass an dir auch nicht alles Gold ist, was glänzt.«

Sarah stockte der Atem. Entsetzt starrte sie Jane an. Sie hätte nicht im Traum damit gerechnet, dass die jemals so bissig sein würde. Und Nelly offenbar auch nicht.

»Du hast ja überhaupt keine Ahnung, du alte Mistkröte!«, fauchte sie ihre beste Freundin an, drehte sich auf dem Absatz um und spazierte mit hoch erhobenem Kopf aus dem Raum.

»Selber Mistkröte!«, schrie Jane ihr nach und kreuzte wütend die Arme über der Brust.

Sarah seufzte. Das konnte ja heiter werden mit den beiden Streithennen auf einem Zimmer! Sie hatte nicht die geringste Lust, jetzt dorthin zu gehen. Dabei musste sie eigentlich dringend für das Erdkundereferat arbeiten, das Herr Knoche wie angekündigt allen Schülern aufgedrückt hatte. Blieb also wieder mal nur der Gemeinschaftsraum im Keller. Oder in der Bibliothek. Wenn sie sich beeilte, würde sie vielleicht sogar noch ihre Sachen aus dem Zimmer holen können, bevor Jane dort auftauchte und der Streit weiterging. – Gedacht, getan!

Sarah wollte gerade lospesen, da sagte Jane plötzlich: »Schöner Mist, dass Nelly und Dina sich nicht ausstehen können. Sonst könnten wir nämlich tauschen.«

Sarah schaute ihre Zimmergenossin erstaunt an. »Wie tauschen?«

»Na, ich mit Dina«, erwiderte Jane. »Dann könnten Tini und ich zusammenwohnen.«

Sarah schaute Jane atemlos an. Jetzt war es so weit. Jetzt würde sie ihr bestimmt erzählen, was Sarah bereits beobachtet hatte. – Und tatsächlich!

»Wir treffen uns schon seit ein paar Wochen immer wieder mal heimlich in der Stadt«, erzählte Jane. »Damit Nelly und Dina bloß nix mitkriegen.«

Sarahs Augen wurden immer größer.

»Ihr trefft euch heimlich?«, stieß sie hervor.

Jane nickte. »Ja, und wir verstehen uns super.« Sie kniff die Mundwinkel ein und ließ den Kopf hängen. »In allem. Wir lieben Malagaeis, lesen die gleichen Bücher und finden die gleiche Musik und dieselben Filme toll. Aber das konnten wir ja nicht ahnen. Wir haben es eben erst gemerkt, nachdem wir ein paar Mal miteinander gequatscht hatten. Und jetzt ist es eben zu spät.«

Sarah starrte Jane an und wusste gar nicht, was sie sagen sollte. »Vielleicht gibt es ja auch noch eine andere Möglichkeit«, meinte sie schließlich.

Doch Jane schüttelte den Kopf. »Das kannst du vergessen. Alle anderen Zimmer sind optimal kombiniert. Da will sich keine trennen. Es müsste schon eine neue Schülerin kommen, damit wir eine andere Aufteilung machen können. Oder ein Wunder geschehen.«

Ein Wunder?! Darauf konnte man wahrscheinlich so lange warten wie auf die Tatsache, dass im Sommer Schnee fiel. Die Geschichte war wirklich vertrackt. Und wenn Sarah nicht ausgerechnet selber mittendrin gesteckt hätte, dann hätte sie über die heimlichen Treffen in der Stadt und auf dem Reiterhof bestimmt schmunzeln können. Aber so!

Genau betrachtet, war sie mittlerweile sogar der Dreh- und Angelpunkt. Denn sie selber traf sich ohne Dinas oder Janes Wissen mit Nelly, wusste nun, dass Jane und Tini sich ebenfalls insgeheim angefreundet hatten und vertilgte dann auch noch heimlich die Ölsardinen, mit deren Hilfe Dina eigentlich Nelly eins auswischen wollte.

Ein ehrliches, klares Wort wäre jetzt wirklich dringend angesagt gewesen. Aber das traute Sarah sich nicht. Stattdessen hatte sie sich mit heftigstem Herzklopfen in ihr Zimmer geschlichen, erleichtert festgestellt, dass Nelly gar nicht dort war, und eiligst ihr ganzes Erdkundezeug zusammengerafft.

Inzwischen befand sie sich auf dem Weg zur Bibliothek. Vielleicht ergatterte sie dort ja einen der begehrten Einzeltische. Aber Pustekuchen! – Wie immer waren die auch heute bereits von den älteren Internatsschülern besetzt. Und Herr Lausz, der kleine drahtige Bibliothekar mit der winzigen randlosen Brille, kannte dummerweise kein Pardon. Bei ihm hatten die Mittel- und Oberstufenschüler stets Vorrang. Sie durften so lange in der Bücherei arbeiten, wie sie wollten, während die jüngeren immer zur Eile angetrieben wurden, sobald ein älterer Schüler einen Tisch beanspruchte.

Seufzend breitete Sarah ihre Sachen auf einem der Gemeinschaftstische aus. Neben ihr brüteten drei Mädchen aus der Siebten murmelnd über den menschlichen Blutkreislauf. Sarah versuchte krampfhaft nicht zuzuhören, aber es klappte einfach nicht. Aus ihren Flussläufen wurden Kapillaren (was geologisch auf den ersten Blick gar nicht so falsch erschien), aber als sie dann auch noch anfing darüber nachzugrübeln, wie ein Fluss eigentlich seiner Quelle entsprang und ob es dort in den Gebirgen nicht vielleicht auch eine Art herzartige Pumpen geben musste, die das Wasser aus dem Gestein pressten, war es mit ihrer Konzentration vorbei. Es half nichts. Entweder würde Sarah das Referat verhauen oder eben doch in ihrem Zimmer arbeiten müssen. Möglichkeit Nummer eins schied eigentlich sofort aus. Eine Fünf in Erdkunde konnte und wollte sie sich einfach nicht leisten. Denn darauf wartete der blöde Knochen ja nur. Mittlerweile hatte Sarah fast den Eindruck, dass es ihm mehr Spaß bereitete, Schüler bloßzustellen als ihnen etwas beizubringen. In so einem Fall konnte man seine Haut nur retten, indem man sich am Riemen riss und sich möglichst viel Stoff selber erarbeitete.

Da das hier in der Bibliothek jedoch völlig unmöglich war, raffte Sarah ihre Erdkundesachen wieder zusammen und stand auf.

»Schon fertig?«, fragte eine der Siebtklässlerinnen ohne aufzusehen.

»Ihr seid mir zu laut«, erwiderte Sarah.

»Oh, sorry«, sagte eine andere. »Aber wir arbeiten zusammen.« Sie schaute kurz auf und zuckte die Achseln. »Dauert wohl auch noch ein bisschen, bis wir fertig sind.«

»Schon gut«, murmelte Sarah. »Ich such mir einen anderen Platz.«

Sie nickte den Mädchen zu und verließ die Bibliothek. Einen Moment überlegte sie, ob sie sich Frau Buchstedt anvertrauen sollte oder Rabea, aber den Gedanken verwarf sie ganz schnell wieder. Bestimmt würden Nelly und Dina das bloß in den falschen Hals kriegen und Sarah würde hinterher dann als blöde Petze dastehen. Und darauf konnte sie nun wirklich gut verzichten.

Sie durchquerte die Eingangshalle, warf einen flüchtigen Blick auf das Infobrett und stutzte. Da hing doch … Nein, das konnte nicht sein. Sie musste sich verguckt haben!

Um hundertprozentig sicher zu sein, trat sie etwas näher an das Brett heran. Und tatsächlich: Dort hing tatsächlich Dinas Liebesbrief an Marvin! Ungeöffnet in seinem Umschlag.

Sarah stockte fast das Herz. Wie kam der denn hierher? Hatte Marvin ihn etwa gar nicht gelesen, sondern einfach in aller Öffentlichkeit hingehängt? Oder hatte er ihn überhaupt nicht bekommen, sondern war von jemand anderem gefunden worden? Wie auch immer – hierher ans Infobrett gehörte er jedenfalls nicht.

Entschlossen ging Sarah auf die Infowand zu und griff nach dem Umschlag. Da bemerkte sie eine handgeschriebene Liste, die genau über dem Liebesbrief hing.

♥♥♥♥♥♥♥♥♥♥♥

<u>Die tollsten Mädchen der Sardinenburg</u>

(gültig für Quinta und Quarta)

1. *Theresa Hennigs*
2. *Nelly Frondtmann*
3. *Birgit Schmied*
4. *Susanne Oberweg*
5. *Sarah Wiedener*

.

.

.

Oh, Mann! Sarahs Herz fing mächtig an zu klopfen. Sie selbst stand also an fünfter Stelle. Dabei hätte sie nie im Leben gedacht, dass sie bei den Jungen so beliebt war. Sie wusste nicht so recht, ob sie sich darüber freuen sollte. Schmeichelhaft war es ja schon, aber auch ein bisschen peinlich. Andererseits war es im Augenblick allerdings auch wieder völlig egal.

Sarah überflog die Liste und blieb schließlich am letzten Namen kleben.

13. Dina Tomeck

Oh, nein! Das durfte Dina auf gar keinen Fall lesen! Bestimmt würde sie daraus sofort schließen, dass auch Marvin sie kein Stück mochte. Sarah schaute sich um, ob sie auch von niemandem beobachtet wurde. Dann zupfte sie den Zettel hastig von der Pinnwand, schob ihn zusammen mit dem Liebesbrief in ihr Erdkundebuch und eilte anschließend auf die Treppe zu, die zu den Zimmern führte.

»Haaaaaaaaaalt!«, fuhr ihr plötzlich eine schrille Stimme in den Rücken. »Stehen bleiiiiiiben! Leiiiiibeskontrollllllleeeeee!«

Sarah wurde schlagartig stocksteif. Du lieber Himmel! Hatte sie doch jemand beobachtet.

Langsam, ganz langsam wandte sie sich um ... Und schaute in das grinsende Gesicht von Hausmeister Kegel.

Sarah atmete auf. »Meine Güte!«, stöhnte sie. »Christopherus hat mich vielleicht erschreckt.«

Hausmeister Kegel schüttelte den Kopf. »Unartiger Papagei«, tadelte er den Vogel auf seiner Schulter.

»Unaarrrrtiger Kegelkopp!«, krähte Christopherus und zupfte dem Hausmeister zärtlich in der Augenbraue.

»Ich entschuldige mich vielmals«, sagte Herr Kegel zu Sarah. »Dummerweise habe ich gestern Abend vergessen den Käfig abzudecken, als ich den Fernseher einschaltete. Und jetzt hält sich dieser blöde Papagei für einen Polizisten.«

»Ist doch lustig«, erwiderte Sarah und grinste nun ebenfalls. Sie fand es ungeheuer beeindruckend, dass dieser Vogel so schnell lernte.

»Wenn er etwas hört, das ihm gefällt, plappert er

es sofort nach«, erzählte der Hausmeister, während er Christopherus die Halsfedern kraulte. Mit der anderen Hand deutete er auf Sarahs Unterlagen. »Bist du fertig mit deinen Hausaufgaben?«

»Nee, leider nicht.« Sarah schüttelte den Kopf. »Im Gemeinschaftsraum kann ich mich nicht konzentrieren. Und bei uns im Zimmer …« Sie hob die Schultern und seufzte tief. »Da herrscht im Moment ziemlich dicke Luft.«

Hausmeister Kegel hob die Augenbrauen, was Christopherus dazu veranlasste lauthals: »Stooooooooppp!« zu kreischen.

Oje!, dachte Sarah. Jetzt hatte sie bestimmt zu viel ausgeplaudert. Garantiert würde er nun noch mehr wissen wollen. Doch da hatte sie sich getäuscht. Nachdem Herrn Kegels Brauen wieder an ihre gewohnte Stelle zurückgekehrt waren, lächelte er nur freundlich, tätschelte ihr die Schulter und sagte:

»Wenn du magst, kannst du dich zu mir in die Stube hocken.«

»Echt?« Sarah riss die Augen auf. Was für ein tolles Angebot! »Das wäre total gut«, freute sie sich. »Weil … Ich muss nämlich ein Referat ausarbeiten.«

Hausmeister Kegel nickte. »Na, dann komm mal mit«, meinte er. »Du kannst mir damit auch einen großen Gefallen tun.«

Und während Sarah ihm zu seiner kleinen Hausmeisterwohnung folgte, erklärte er ihr, dass er noch im Heizungsraum zu arbeiten hatte und immer froh war, wenn er Christopherus nicht mit dorthin nehmen musste.

»Der macht hinterher noch stundenlang die Heizungsgeräusche nach«, sagte Herr Kegel lachend. Er zeigte auf einen gemütlichen alten Lehnstuhl, der an seinem runden Tisch in der Stube stand. »Das ist schier zum Verrücktwerden.«

Sarah legte ihre Sachen auf den Tisch. »Warum lassen Sie ihn nicht einfach hier?«, fragte sie und deutete zum Fenster, vor dem ein riesiger Papageienkäfig aufgestellt war.

»Völlig unmöglich«, erwiderte der Hausmeister. Mit beiden Händen machte er energisch abwinkende Bewegungen. »Christopherus kann nicht allein sein. Der schreit die ganze Burg zusammen. Zuerst jault er wie ein Hund, dann maunzt er wie eine Katze und wenn das alles nichts hilft, heult er wie das grausligste Schlossgespenst höchstpersönlich.«

Nun saß Christopherus allerdings zum Glück friedlich wie ein Küken in seinem Käfig und kämpfte gegen seine zufallenden Lider an.

»Schlaf ruhig«, ermunterte Sarah ihn. »Ich schaff das auch ohne dich.« In der Tat war sie in der letzten Stunde wunderbar vorangekommen. Sie hatte alle Informationen zusammengetragen, die sie benötigte, und jetzt galt es nur noch, dem Referat seinen letzten Schliff zu verpassen.

»Quark in Eimern«, krächzte Christopherus. Er

plusterte seine Nackenfedern auf und tippelte auf seiner Stange hin und her.

»Ach, du hast doch sowieso keine Ahnung«, murmelte Sarah.

Im selben Moment klingelte es an der Wohnungstür. Sarah sah auf und überlegte, ob sie überhaupt öffnen sollte. Hausmeister Kegel hatte ihr nicht gesagt, dass er jemanden erwartete. Und vielleicht war es gar nicht so gut, wenn herauskam, dass sie hier ihre Schulaufgaben machte. Nein, beschloss sie. Sie würde nicht öffnen. Sollte derjenige welcher doch später wiederkommen. Aber da krähte Christopherus bereits los.

»Heeeeeerein!«

»Halt doch den Schnabel!«, zischte Sarah.

»Quark in Eimern«, erwiderte der Papagei, hangelte sich am Käfiggitter hinauf und ließ sich kopfüber von der Decke baumeln.

Es klingelte nochmal, und nun lief Sarah in den Flur und öffnete zögernd die Tür. Draußen stand Dina mit einer Kladde unter dem Arm.

»Was machst du denn hier?«, stießen sie beide gleichzeitig hervor.

»Üüüüberfaaaaalllll!«, kreischte Christopherus aus der Wohnstube.

»Ist Herr Kegel nich da?«, fragte Dina.

Sarah schüttelte den Kopf.

»Und was machst du dann hier?«, bohrte Dina weiter.

»Mein Referat. Ich hab nirgendwo sonst Ruhe dazu.«

»Bis du verrückt!«, stieß Dina hervor. »Wenn der Buchstedt das mitbekommt. Dann aber Hölle!« Sie schob Sarah in den Flur und schloss hastig die Tür. »Du kannst doch nich einfach aufmachen!«

»Wieso denn?«, stammelte Sarah erschrocken. »Das wusste ich nicht. Ich meine, Herr Kegel hat mir nichts davon gesagt.«

Dina verdrehte die Augen und spazierte in die Wohnstube. »Mannomann, dann hat er's einfach vergessen.«

»Wieso denn? Was ist denn mit Herrn Buchstedt?«, fragte Sarah und starrte auf die Kladde, die Dina neben ihren Erdkundesachen auf den Tisch gelegt hatte. »Lernst du etwa auch hier?«

Dina nickte. »Klar. Für das Theaterstück. Hab ich doch gesagt.«

»Aber die Rollen sind alle besetzt«, erwiderte Sarah. »Und außerdem hat Frau Schnippzig gesagt, dass du …«

»Ich weiß«, unterbrach Dina sie. »Nich nötig, mich nochmal auf meine Mängel hinzuweisen. Aber mir bringt's eben Bock. Und wer weiß das schon: Schließlich kann immer mal was passier'n.« Sie tippte auf das Erdkundebuch. »Auf jeden Fall darf der Buchstedt nix davon wissen, klar? Sonst fliegt Kegelchen noch von der Burg …« Plötzlich stutzte sie. »Wa-was is das denn? Das is doch mein …«

Sie schlug das Erdkundebuch auf, »mein Brief an Marvin und …« Sie nahm die *Die tollsten Mädchen der Gripsburg*-Liste auf und überflog sie, wobei ihre Gesichtsfarbe allmählich immer roter wurde. »Hast du das geschrieben?«, fuhr sie Sarah an. »Wills du die etwa gleich an die Infowand pinnen, oder was?«

»Spinnst du!«, sagte Sarah. »Das waren die Jungs.«

»Ach ja!« Dina stemmte die Fäuste in die Taille. »Und das soll ich dir glauben!«

»Wieso nicht?«, stieß Sarah hervor. »Du weißt doch genau, dass die Jungs das vorhatten.«

»Ja!« Dina fuchtelte wütend in der Luft herum. »Das ist allerdings schon Ewigkeiten her. Und du willst mir doch wohl nicht erzählen, dass du den Brief, den ich an Marvins Haustür befestigt habe, ebenfalls irgendwo gefunden hast.«

»Hab ich aber«, sagte Sarah ganz ruhig. »Er hing an der Infowand. Zusammen mit der Liste und …«

Doch Dina ließ sie nicht ausreden. Mit wutrotem Gesicht beugte sie sich ihr entgegen. »Weißte, was de bis? Eine ganz oberfiese, hinterlistige Schnepfe. Machst auf harmlos, schissy und müde und rennst noch in derselben Nacht wieder zurück, um meinen Brief zu klauen und die Ölsardinen wieder in die Speisekammer zu bringen. Und warum, he? Ich weiß es. Ich kann schließlich eins und eins zusammenzählen. In Wahrheit bist du nämlich mit Nelly befreundet. Und du tust alles für sie, stimmt's! Sogar Marvin mit ihr verkuppeln.«

Sarah zog hörbar Luft ein. »Aber das ist doch alles überhaupt nicht wahr«, stieß sie hervor.

Doch Dina wollte ihr nicht zuhören. Ganz offenbar hatte die sich schon viel zu sehr in Rage geredet. »Wenn du glaubst, dass du mir das alles kaputtmachen kannst, dann hast du dich geschnitten«, fauchte sie. »Nelly bekommt ihn jedenfalls nicht.«

»Aber sie will ihn doch auch überhaupt nicht«, flutschte es Sarah heraus. Erschrocken biss sie sich auf die Zunge.

Und Dina fielen fast die Augen aus dem Kopf. Fassungslos starrte sie Sarah an.

»Das ist der Beweis«, stieß sie schließlich hervor. Sie fischte ihre Kladde vom Tisch und klemmte sie sich unter den Arm. »Du und Nelly! Hab ich's doch gewusst!« Sie schüttelte den Kopf. »Aber das ist mir jetzt völlig egal. Macht ihr doch, was ihr wollt! Dumme Listen aufhängen und meine Liebesbriefe klauen. Meinetwegen. Das ändert nämlich gar nichts. ICH LIEBE MARVIN!«

»Ich weiß«, krächzte Sarah, aber das hörte Dina nicht mehr, weil sie schon längst aus der Tür gestampft war.

»Ich liebe Marvin!«, krähte Christopherus.

Der Papagei hing immer noch kopfüber in seinem Käfig.

»Du doch nicht«, murmelte Sarah.

Kopfschüttelnd schaute sie ihn an. Sie war total verblüfft, wie perfekt Christopherus Dinas Stimme nachgemacht hatte. Noch mehr wunderte sie sich jedoch darüber, dass Dina sich gerade zumindest grammatikalisch gesehen völlig fehlerfrei ausgedrückt hatte.

Die nächste Zeit ging Dina Sarah ganz klar aus dem Weg. Sie schaute immer gleich weg, sobald ihre Blicke sich zufällig mal trafen, setzte sich im Speisesaal an einen anderen Tisch und drehte sich jedes Mal auf dem Absatz um, wenn sie sich irgendwo auf dem Sardinenburggelände begegneten.

Sarah, die es schon schrecklich gefunden hatte, die ganze Zeit über zwischen Dina und Nelly zu stehen und dazu dann auch noch das ständige Theater zwischen Jane und Nelly aushalten zu müssen, fand diese Situation nun völlig unerträglich. Einige Male war sie kurz davor, Dina anzusprechen, aber da die sich immer sofort abwandte, gab Sarah schließlich auf. Bestimmt machte es mehr Sinn, Dina einen Brief zu schreiben. Dann konnte sie sich alles in Ruhe durchlesen und darüber nachdenken. Ja, das war eine gute Idee, fand Sarah und machte sich sofort ans Werk – mit dem Ergebnis, dass sich ihr Papierkorb innerhalb einer halben Stunde mit zusammengeknüllten Papierbällchen füllte. Die Sache war einfach zu kompliziert! Allein schon deshalb, weil Sarah nicht zugeben wollte, dass sie tatsächlich irgendwie mit Nelly befreundet war. Das würde Dina nie verstehen. Bei der letzten Theaterprobe zum Beispiel, da hatte sie sich absolut danebenbenommen.

Sie, Nils und Dörte, die den Baum bildeten, hielten nun, um noch echter auszusehen, jeder einen echten Ast in der Hand. Und Dina hatte ihren in der Szene, als Nelly und Marvin sich küssen sollten, einfach auf Nellys Kopf fallen lassen. Frau Schnippzig war schier ausgerastet. Aber Dina hatte sich so hingebungsvoll verteidigt, dass die Lehrerin ihr schließlich geglaubt hatte. Sarah allerdings hatte Dinas hämisches Grinsen bemerkt und ihr war sofort klar gewesen, dass sie es natürlich mit voller Absicht getan hatte.

Die Geschichte war wirklich vertrackt, und es war weit und breit keine Lösung in Sicht. Auch bei Nelly würde Sarah bezüglich Dina auf Granit beißen, besonders nach der Sache mit dem Ast. Außerdem ging ihr Nelly mit ihrer blöden Angeberei inzwischen tierisch auf die Nerven. Dauernd quasselte sie von ihrem Vater, spielte jedem, der es hören wollte, seine Musik vor, und protzte außerdem damit herum, wie supertoll sie mittlerweile reiten konnte.

»Ich freue mich schon auf Dads Gesicht, wenn ich ihm meine Kunststücke vorführe«, erzählte sie ihren Fans, die sich wie immer auch in der großen Pause an diesem Dezembertag um sie geschart hatten, mit verzücktem Gesichtsausdruck. »Ich weiß, er wird megastolz auf mich sein. So wie ich auf ihn. Wir sind eben aus ein und demselben Blut.«

Klar, dachte Sarah. Vater und Tochter. Das war doch einfachste Biologie. Auch in ihren Adern floss Blut. Das ihrer verunglückten Eltern, die sie nur von

Fotos kannte, und natürlich das von Oma. Und Oma hatte auch jede Menge Talente. Sie konnte toll zuhören und war jedem gegenüber immer offen und hilfsbereit. Oma hatte noch nie einen Menschen verurteilt. Sie konnte immer alles irgendwie verstehen. Sarah fand, dass das eine ziemlich gute Eigenschaft war. Und irgendwie schien sie ja auch eine ganze Menge davon geerbt zu haben. – Trotzdem. Bei genauerer Betrachtung waren es so ziemlich genau diese Eigenschaften, die ihr die größten Probleme machten. Immer alles verstehen, bedeutete schließlich auch, immer zwischen allem zu stehen und nie wirklich seine Meinung zu sagen.

»Das würde ich gerne mal sehen«, hörte Sarah eine Mädchenstimme sagen. »Was du schon alles kannst.«

Sarah reckte sich auf die Zehenspitzen und schaute zu der Mädchentraube hinüber. Es schien so, als ob es eine Fünftklässlerin gewesen war, die diesen Wunsch geäußert hatte.

Nelly lächelte. »Aber klar doch«, erwiderte sie. »Kommt nur alle gucken. Die nächste Stunde ist übermorgen Nachmittag um halb vier.«

Na, das würde ja eine nette Sondervorstellung werden, dachte Sarah und schlenderte zum Schulgebäude hinüber. Zu ihrer Überraschung lief sie im Eingang Frau Buchstedt in die Arme.

»Gut, dass ich dich treffe«, sagte die Internatsleiterin erfreut. »Ich brauche dringend noch jemanden, der beim Dekorieren hilft. Diesmal ist so viel Weihnachtsschmuck gebastelt worden, da kommt unsere kleine Gruppe mit dem Aufhängen gar nicht nach.«

Sarah nickte. »Lust hätte ich schon. Da sind allerdings auch noch die Theaterproben und der Reitkursus«, fügte sie nachdenklich hinzu. »Ich weiß nicht, ob ich das alles schaffe.«

»Ach, du meine Güte!« Frau Buchstedt schlug die Hände über dem Kopf zusammen. »Wie konnte ich das nur vergessen! Nein, nein, das wär dann doch ein bisschen des Guten zu viel.« Sie tätschelte Sarah die Schulter. »Da werde ich mich wohl oder übel nach einer anderen Hilfe umschauen müssen.«

Sarah zuckte bedauernd die Achseln.

»Ach, jetzt schau nicht so bedröppelt«, sagte Frau Buchstedt munter. »Ich werde schon noch jemanden finden. Das wär doch gelacht, bei der Auswahl.«

Sie reckte den Hals und ließ ihren Blick suchend über den Schulhof schweifen. Sarah lehnte sich gegen die Tür und wollte schon weitergehen, da fiel Frau Buchstedt noch etwas anderes ein.

»Nach den Weihnachtsferien werden die Zimmer im Südflügel fertig sein. Bis Anfang März müssen die alten Räume geräumt sein, weil danach die Umbauarbeiten im Ostflügel beginnen.«

Sarah schaute die Internatsleiterin mit großen Augen an. Das war ja was ganz Neues. »Heißt das etwa, dass wir auch umziehen müssen?«

Frau Buchstedt nickte. »Aber natürlich. Jane und

Tini waren bereits bei mir und haben um ein eigenes Zweibettzimmer gebeten.«

Was?

Die Internatsleiterin schien Sarahs erschrockenen Blick nicht zu bemerken, sondern fuhr unbeirrt fort: »Da stellt sich für mich natürlich die Frage, ob Nelly und du zukünftig ebenfalls zu zweit bleiben oder ob ihr euch mit Dina ein Dreibettzimmer teilen wollt.«

»Oh«, stieß Sarah hervor. Mehr konnte sie weder ihrer Kehle noch ihren Gehirnzellen entlocken. Was sollte sie darauf auch antworten?

»Nun«, meinte Frau Buchstedt schließlich. »Ihr müsst euch ja nicht sofort entscheiden. Am besten wird es wohl sein, wenn ich erst noch mit den anderen beiden spreche.«

Sarah wusste: Dina würde dankend ablehnen. Eher würde sie sich zweimal am Tag einen Eimer voller Regenwürmer über den Kopf stülpen, als mit ihr und Nelly in ein Zimmer zu ziehen. Komisch eigentlich, wie wenig die Buchstedt von den Querelen zwischen den einzelnen Schülern mitbekam. Normalerweise hatte sie eigentlich schon ein Auge auf die Sardinenburgbewohner. Na ja, dachte Sarah, vielleicht hatte die Internatsleiterin im Augenblick auch einfach zu viel um die Ohren. Und sowieso sollte das Ganze nicht Sarahs Problem sein. Im Grunde war ja auch alles klar. Nach den Weihnachtsferien würden sie und Nelly ein Zweierzimmer beziehen und Dina würde so lange alleine wohnen, bis es eine neue Internatsschülerin gab.

Alleine mit Nelly … Bei dem Gedanken daran war Sarah gar nicht wohl. Aber eine andere Lösung gab es leider nicht. Die meisten Pärchen oder Dreier hatten sich längst fest zusammengefunden. Es half also nichts. Sobald allgemein bekannt war, dass Jane und Tini zusammenziehen würden, würde Sarah mit Nelly reden und klare Abmachungen mit ihr treffen müssen. Es ging schließlich nicht an, dass sie sich immer nur nach deren Bedürfnissen richtete.

Zunächst einmal konzentrierte Sarah sich aber auf den Unterricht. Schwerpunkt in Mathe war zurzeit die Berechnung von Körpern und das machte ihr einen Höllenspaß. Frau Mailander übergoss Sarah sogar mit einer fast schon peinlichen Lobeshymne. Und als wenn das nicht schon genug gewesen wäre, ging es in der Erdkundestunde damit gleich noch weiter.

Nachdem Anfang der Woche das letzte Referat gehalten worden war und die Notengebung anstand, thronte Herr Knoche nun vorne hinter seinem Pult und machte einen Schüler nach dem anderen nieder.

»So ein Arsch«, wisperte Marvin. »Als ob der nur dafür auf die Welt gekommen ist, boshaft zu sein.«

Chris starrte auf sein Referat und nickte. »Ich weiß gar nicht, wozu ich mir so viel Mühe gegeben habe.«

Sarah schluckte. Ihr war mittlerweile richtig flau in der Magengegend und das Herz klopfte ihr bis zum

Hals hinauf. So was Blödes, dachte sie. Wegen eines dummen Erdkundereferates musste sie sich doch nun wirklich nicht so aufregen.

»So«, sagte Herr Knoche. »Und nun kommen wir zur letzten Arbeit.« Er räusperte sich, blickte die Schüler der Reihe nach mit zusammengekniffenen Augen an und blieb schließlich an Sarah hängen. »Fräulein Wiedener, du hast wirklich Herausragendes geleistet.«

Was? – Sarahs Herz klopfte immer doller. Herausragendes? Wollte er sie veräppeln? Ja, bestimmt. Herausragendes konnte beim Knochen alles Mögliche bedeuten. Auch, dass es total daneben gegangen war.

»Und deshalb ist dein Referat auch das einzige, das ich mit einem Sehr gut bewerten konnte.«

Eine Eins? Sarah saß da wie gelähmt und starrte ihren Erdkundelehrer an, als käme er von einem anderen Stern.

Herr Knoche kam auf sie zu und lächelte. Ja, er lächelte tatsächlich! Wahrscheinlich hatte keiner damit gerechnet, dass er das überhaupt konnte. »Herzlichen Glückwunsch, Sarah. Und bitte mach nur weiter so!«

Sturz mit Domino-Effekt

»Herzlichen Glückwunsch«, zischte Dina, als sie nach der Stunde an Sarah vorbeikam. »Bis ja voll auf dem besten Weg zur Klassenstreberin.«

»War bestimmt ’n Versehen«, meinte Nelly. Sie wartete, bis Dina den Klassenraum verlassen hatte, dann sagte sie zu Sarah: »Du kommst doch nachher auch zum Reiterhof und siehst dir meine Kunststücke an?«

Sarah seufzte. Eigentlich hatte sie keine besondere Lust dazu. Erstens wusste sie ziemlich gut, was Nelly inzwischen alles drauf hatte und zweitens konnte sie es nicht leiden, wenn sie mitbekam, wie Nelly sich bewundern ließ. »Mal sehen«, sagte sie daher. »Ich muss noch meiner Oma schreiben.«

»Klar«, stichelte Nelly. »Jetzt, wo du die einzige Eins in Erdkunde abgesahnt hast, da willst du natürlich, dass sie stolz auf dich ist.«

Nein, dachte Sarah. So wäre es bei dir und deinem Vater. Ich will einfach nur, dass Oma sich mit mir freut und sich keine Sorgen um mich macht. Aber ob Nelly das jemals verstehen würde?

Auf jeden Fall war Sarahs Laune dahin. Zwar schrieb sie den Brief an ihre Oma tatsächlich, sobald sie jedoch an Nelly und die neuen Zimmerverhältnisse dachte, krampfte sich in ihrem Bauch alles zusammen. Vielleicht sollte sie doch nochmal mit Frau Buchstedt reden und sie darum bitten, ihr ebenfalls ein Einzelzimmer zu geben, bis ein Mädchen in die Burg kam, mit dem Sarah sich wirklich verstand. – Doch wer wusste schon, wann das sein würde? Und außerdem konnte Sarah es sich auch nicht so recht vorstellen, dass die Internatsleiterin tatsächlich drei Zimmer auf drei Mädchen verteilen würde. – Nein, bestimmt war es das Beste, sich nicht auf Teufel komm raus mit Nelly zu überwerfen.

Und so machte sich Sarah nach Erledigung ihrer Hausaufgaben doch noch auf den Weg zur Reitschule. Weil Nelly außergewöhnlich begabt war, bekam sie seit einiger Zeit Doppelstunden und die Mädchen sahen sich dann nur noch bei der anschließenden Versorgung der Pferde.

Sarah warf einen Blick auf die Uhr in der Eingangshalle. Es war bereits zwanzig nach drei. Sie konnte sich also beeilen wie sie wollte, pünktlich zum Anfang von Nellys Reitstunde würde sie es eh nicht mehr schaffen. Daher beschloss sie, ihren Brief gleich jetzt noch in den Postsammelkasten neben Frau Kasewinkels Büro zu werfen.

Sie düste über das Schulgelände, schlüpfte durch den Haupteingang und bog in Richtung Sekretariat ab. Bereits auf dem Gang drang ihr albernes Gegacker entgegen und am schwarzen Brett stieß sie dann auf eine ganze Traube Siebtklässlerinnen inklusive den *Drillies*, die kichernd einen Aushang mit Herzchen bemalten.

»Was ist denn da?«, fragte Sarah und quetschte sich bis zum Brett durch.

»Die Jungs haben endlich ihre Lieblingsliste aufgehängt«, verkündete Theresa.

Und tatsächlich! – Die gleiche Liste, die Sarah vor ein paar Tagen abgenommen hatte, prangte nun schon wieder am schwarzen Brett. Offenbar hatten die Jungs bemerkt, dass jemand sie abgerissen hatte, und daraufhin gleich eine neue aufgehängt.

Diese war bereits über und über mit Kommentaren bekritzelt. Neben Nellys Namen, beispielsweise, stand *geilomatico* und ein Herz, gleich darunter war dann aber, offenbar von einem anderen Künstler, ein Pferdegebiss gezeichnet, und unter Dinas Namen prangte ein dickes rundes Gesicht, das anstelle von Ohren zwei Segelschiffe an den Wangen kleben hatte.

»Ihr seid ja blöd«, brummte Sarah. »Was soll denn das?«

»Wieso?«, erwiderte Anne. »Wir waren das doch gar nicht. Wir machen bloß Herzchen drauf, damit 's hübscher aussieht.«

Plötzlich drängte sich noch jemand ganz nach vorne. Es war ein Typ aus einer der höheren Klassen.

»Ah!«, murmelte er und zeigte auf die Stelle, an der vor kurzem noch Dinas Brief an Marvin gepinnt hatte. »Der Brief ist mittlerweile also bei seinem Besitzer angekommen.«

»Wie meinst du das?«, fragte Theresa sofort. »Was denn für ein Brief?«

»Na, den an Mystery Marvin«, erwiderte der Typ schulterzuckend. »Ich hab ihn neben der Sporthalle im Gebüsch gefunden. Und weil es mindestens drei Marvins an dieser Schule gibt, hab ich ihn einfach hier ans Brett geheftet.«

Im Gebüsch gefunden? Sarah verstand überhaupt nichts mehr. Und bei genauerem Nachgrübeln gab es eigentlich auch nur zwei Erklärungen: Entweder hatte Marvin ihn gelesen und weggeworfen oder verloren – oder der Brief hatte sich von dem Schild gelöst und war von jemand ganz anderem aufgehoben und weggeworfen worden. Letztendlich war es auch egal. Jetzt gab es wenigstens einen Zeugen, der Sarah Dina gegenüber bestätigen konnte, dass sie den Brief nicht geklaut hatte.

Während die Siebtklässlerinnen den Typen weiter

mit Fragen bedrängten, zwängte Sarah sich aus der Gruppe heraus, warf ihre Post in den Sammelbehälter und rannte dann eilig weiter zum Reiterhof.

Als sie die Hofeinfahrt durchquerte, war es bereits Viertel vor vier. Die ersten fünfzehn Minuten hatte sie also bereits verpasst. Nelly würde es hoffentlich nicht aufgefallen sein.

Schon von weitem hörte Sarah heftigen Applaus und Jubelgeschrei. Nelly gab ihre Vorführung also auf dem Außenplatz, was für diese Jahreszeit ziemlich ungewöhnlich war. Doch als Sarah die Stallungen hinter sich gelassen hatte, stellte sie fest, dass sich auf dem Platz vor der Reithalle nicht ein einziger Mensch befand. Das Geschrei kam eindeutig von der Koppel. Sarah hielt den Atem an. Nelly hatte sich doch wohl nicht ein Pferd von dort geschnappt! Sarah schüttelte den Kopf, um sich selbst zu beruhigen. Das konnte überhaupt nicht sein. Immerhin hatte Nelly gerade eine ganz offizielle Reitstunde.

Langsam näherte Sarah sich den Burgschülern, die sich am Zaun drängelten. Die gesamte Unterstufe schien sich hier versammelt zu haben. Alle bis auf Dina waren gekommen, um sich Nellys Kunststücke anzusehen.

Sarah tippte Tini auf die Schulter. »Darf ich?«

Tini zuckte zusammen, rückte aber sofort dichter an Jane heran, damit Sarah ebenfalls an den Zaun treten konnte.

»Da ist überhaupt kein Reitlehrer«, wisperte sie.

Das sah Sarah jetzt auch. Der dunkelbraune Raven und Nelly waren alleine auf der Koppel. Stolz saß sie auf seinem Rücken, ganz ohne Sattel und Zaumzeug. Dabei wusste sie genau, dass das verboten war.

Mit klopfendem Herzen blickte Sarah sich um. Wo Britta wohl steckte? Den Einzigen, den sie erblickte, war Lorenzo, der mit beiden Armen fuchtelnd über den Außenplatz gerannt kam. Seine langen Haare flatterten genauso wild wie Ravens schwarze Mähne.

»Nelly!«, brüllte er. »Komm sofort rüber! Britta kommt gleich. Sie flippt aus, wenn sie das sieht.«

Nelly, die gerade im Begriff war, sich im Galopp auf Ravens Rücken zu stellen, schaute zu Lorenzo hinüber. Ganz kurz nur, aber dieser Augenblick reichte, um sie aus dem Takt zu bringen. Ihr rechter Fuß rutschte ab. Raven bäumte sich auf und Nelly stürzte zu Boden.

»Das wird Schwester Helen nicht erlauben«, sagte Frau Kasewinkel. »Nelly hat eine leichte Gehirnerschütterung und braucht absolute Ruhe.«

»Wieso ist sie dann nicht im Krankenhaus geblieben?«

»Weil dort im Moment keine Betten frei sind und sie hier einfach mehr Ruhe hat«, erklärte ihr Frau Kasewinkel.

»Und sonst?«, wollte Sarah wissen. »Fehlt ihr sonst noch was?«

»Natürlich.« Die Sekretärin ruckelte an ihrer

Wespenbrille. »Der linke Unterarm ist gebrochen, ein Fuß verstaucht und außerdem hat sie jede Menge Prellungen.« Frau Kasewinkel seufzte zur Zimmerdecke. »Dieses dumme Ding! Wie konnte sie nur!«

Ja, wie konnte sie nur! Eigentlich hatte Nelly von Britta lediglich den Auftrag erhalten gehabt, Raven aufzuzäumen und dann auf die Reitlehrerin zu warten. Wusste der Teufel, wer oder was sie dazu bewegt hatte, den Wallach einfach ohne Sattel zu besteigen und diese waghalsige Vorführung zu geben.

Sarah hätte sie lieber jetzt als später dazu ausgefragt, aber daraus wurde wohl nichts. Niemand konnte Nelly besuchen. Nur Briefchen oder Blumen durften für sie in der Krankenstation abgegeben werden.

Sarah erkundigte sich alle zwei Stunden bei Frau Buchstedt nach ihr. »Besser du fragst sie«, hatte Frau Kasewinkel ihr empfohlen. »Als Internatsleiterin ist sie im Gegensatz zu mir immer auf dem neuesten Stand.«

Aber Frau Buchstedt konnte Sarah auch nie etwas anderes sagen, als dass es Nelly den Umständen entsprechend gut ging.

»Und was ist mit der Theateraufführung?«, fragte Sarah besorgt. Schließlich wusste sie, wie wichtig die für Nelly war.

»Tja, das weiß ich auch nicht«, erwiderte Frau Buchstedt mit bedauerndem Achselzucken. »Da müssen wir wohl noch ein wenig abwarten.«

Die nächste Probe fand also erst mal ohne Nelly statt, was für Frau Schnippzig die Katastrophe schlechthin bedeutete. Sie lief auf der Bühne auf und ab und raufte sich verzweifelt die Haare. »Nur noch zwei Wochen«, stieß sie immer und immer wieder hervor. »Kinder, was machen wir jetzt bloß?«

»Ach«, meinte Finn abwinkend. »Nelly kriegt das schon hin. Bis dahin ist sie bestimmt wieder auf'm Damm.«

»Schon möglich«, meinte die Deutschlehrerin. »Aber wenn sie nicht an den Proben teilnimmt, kommt sie völlig aus dem Takt. Und sie kennt auch unsere Änderungen nicht.«

»Ich könnte doch mit ihr üben«, schlug Marvin vor. »Und ihr alles erzählen und so.«

Sarah schaute Dina an, die mit oberfinsterem Gesichtsausdruck vor sich hin starrte, und blöderweise bekam sie plötzlich richtig Herzklopfen.

Frau Schnippzig schien einen Moment lang zu überlegen, bevor sie auf Marvins Idee antwortete. »Das ist wirklich sehr nett von dir«, sagte sie. »Ich bin trotzdem skeptisch. Im Augenblick darf man ja nicht einmal mit Nelly reden.« Sie schüttelte den Kopf. »Nein, nein, das Beste wäre es, die Rolle neu zu besetzen. Aber wer von euch soll den Text so schnell lernen?«

Augenblicklich schnellten acht weibliche Zeigefinger nach oben. Logisch, dachte Sarah. Die wollen doch alle bloß Marvin küssen. Wieder schielte sie zu Dina. Die hatte sich nicht gemeldet. Bestimmt war sie davon überzeugt, sowieso keine Chance zu haben.

Sarah dachte nicht groß nach, sondern fasste sich sofort ein Herz und rief: »Dina! Dina hat den ganzen Text auswendig gelernt. Von sämtlichen Rollen.«

Frau Schnippzig öffnete den Mund. Natürlich wollte sie widersprechen.

Sarah ließ sie allerdings gar nicht erst zu Wort kommen. »Und sie kann auch richtig sprechen«, fuhr sie eifrig fort.

»Die?«, sagte Frederik und zeigte grinsend auf Dina. »Nie im Leben.«

»Doch«, erwiderte Sarah. »Und zwar ganz ohne Fehler. Das hab ich selbst gehört.«

Dina wandte den Kopf und glotzte Sarah so verständnislos an, als ob sie gerade was auf Ägyptisch gesagt hätte.

»Die will sich doch bloß wichtig machen«, sagte Liv.

Frederik nickte. »Die nervt total. Die bleibt sowieso hängen und dann ist sie weg.«

Marvin holte einmal tief Luft und machte einen Schritt auf Frederik zu. »Ihr seid echt fies«, knurrte er. »Ich kapier sowieso nicht, was ihr gegen Dina habt. Manchmal hab ich das Gefühl, ihr braucht einfach bloß einen, auf dem ihr rumhacken könnt.«

»Das glaube ich auch«, sagte Freu Schnippzig streng. Sie schaute Dina nachdenklich an. »Warum sollten wir es eigentlich nicht einfach versuchen?«

Dinas Wangen röteten sich zart und ihre Augen fingen an zu glänzen. »Echt?«

»Ja, echt«, erwiderte Frau Schnippzig und lächelte.

Dina stand von ihrem Stuhl auf und erklomm die Bühne. »Äh, ich meine natürlich nicht echt, sondern wirklich«, korrigierte sie sich und lächelte ebenfalls.

»Also gut«, sagte die Deutschlehrerin. »Wir beginnen mit der ersten Szene und spielen alles erst einmal durch.«

Zu aller Erstaunen klappte es ganz wunderbar. Dina schaffte sich unglaublich in die Rolle hinein. Sie beherrschte Nellys Text aus dem Effeff und versprach sich nur ein einziges Mal. Ein Problem machte dann allerdings die Kussszene. Dina geriet furchtbar ins Schwitzen und blieb wie festgewachsen vor der Baumgruppe stehen. Marvin machte zwar einen beherzten Schritt auf sie zu und wollte sie umschlingen. Doch da liefen beide knallrot an. Marvin ließ die Arme sinken und schaute betreten nach unten.

Frau Schnippzig seufzte tief und betrachtete die beiden, was die ganze Sache nicht unbedingt besser machte. Jane und Tini erröteten ebenfalls und fingen an zu kichern. Die meisten anderen Mädchen wurden ziemlich blass und Frederik empfahl Marvin schließlich: »Halt dich doch einfach an ihren Ohren fest!«, woraufhin Frau Schnippzig ihn aus dem Theatersaal schickte.

»Macht überhaupt nichts«, meinte sie anschließend zu Dina und Marvin. »Die Hauptsache ist, es klappt bei der Aufführung.«

Nach der Probe hatten Dina und Sarah sich angesehen, aber keine von ihnen hatte etwas gesagt. Sarah fand, dass Dina den Anfang machen müsse. Schließlich hatte sie mit dem Streit und den blöden Unterstellungen angefangen. Heute hatte Sarah sich für sie eingesetzt. Das war Friedensangebot genug, fand sie. Mehr konnte sie im Moment nicht tun.

Auf dem Weg in ihr Zimmer wurde sie von Rabea abgefangen. »Du sollst dich bitte bei Schwester Helen melden.«

»W-was? Geht es Nelly endlich wieder besser?« Plötzlich war Sarah total aufgeregt. »Kann ich sie besuchen?«

»Keine Ahnung«, sagte Rabea lächelnd. »Aber ich schätze mal schon.«

Sie erklärte ihr noch rasch den Weg zur Krankenstation und Sarah flitzte los. Sie musste quer durch den Jungentrakt, an dessen Ende sich der einzige Turm der *Sardinenburg* befand. Und den hatte man in eine Krankenstation umfunktioniert

»Hoppla«, wurde sie von einer großen Frau mit schulterlangen kastanienbraunen Locken begrüßt. Sie trug über ihrem Jeansoverall einen offenen weißen Kittel und sah überhaupt nicht wie eine Krankenschwester aus. »Wohin so eilig?«

Sarah blieb wie angewurzelt stehen. »Nelly«, stammelte sie. »Kann ich zu ihr?«

»Dann bist du wohl Sarah Wiedener«, kombinierte Schwester Helen. »Ja, du kannst. Doktor Friesen war vor einer Stunde bei ihr und hat grünes Licht gegeben.« Sie nahm einen Stapel Briefe und Zettel von ihrem Schreibtisch und reichte ihn Sarah. »Hier, das kannst du ihr gleich mitbringen.«

Dann öffnete sie die Tür gegenüber und schob Sarah in ein winziges gemütliches Krankenzimmer. Es war hellgelb gestrichen, hatte Blumenvorhänge am Fenster und war, vom Bett abgesehen, mit ganz normalen hellen Möbeln eingerichtet.

»Hi«, sagte Nelly und lächelte. Sie hob den Kopf ein wenig, kniff aber gleich die Augen zusammen und ließ ihn wieder sinken. »Ouh!«, stöhnte sie leise. »Der Doc meint ja, mit meinem Schädel sei alles wieder in Ordnung. Ich kann das gar nicht richtig glauben.«

Sarah lächelte ebenfalls, kurz und zaghaft, und ließ sich vorsichtig auf der Bettkante nieder. Nellys rechter Arm war vom Ellenbogen bis zum Handgelenk eingegipst. Ebenfalls ihr linkes Bein vom Kniegelenk abwärts. Nur noch die Zehen lugten hervor.

»Ich dachte, das wär bloß verstaucht«, meinte Sarah und tippte sachte auf den weißen Koloss.

»Nee«, sagte Nelly. »Leider nicht. Aber zum Glück ist es kein komplizierter Bruch.«

Sarah nickte. »Tut's sehr weh?«

Nelly schüttelte den Kopf und griff sich sofort an die Stirn. »Nur der blöde Schädel. Aber weißt du, was mir hier am meisten fehlt? Außer dir natürlich?«

Außer ihr?! Sarah schoss die Hitze in die Birne. Nellys Sympathiegeständnis machte sie richtig verlegen. Zum Glück musste sie darauf nichts erwidern, denn Nelly redete bereits weiter. »Es gibt keine einzige Dose mehr im Haus. Und neu bestellt wird erst wieder zu Silvester.«

»Blöd«, sagte Sarah und starrte auf die sonnengelbe Bettdecke. Irgendwie wusste sie nicht, was sie sagen sollte. Von Jane und Tini erzählen und den neuen Zimmern? Oder von der Theaterprobe? – Lieber nicht!

Wie in Trance legte sie den Briefestapel auf Nellys Bauch ab. »Hier, für dich.«

»Oh!« Nellys Augen begannen zu strahlen. »So viel Post! Und alles für mich?« Sie nahm die Briefe auf, guckte sie durch und las dann die ersten drei Zettel, die einfach bloß zusammengefaltet waren. »Von Jane«, sagte sie. »Und von Nils und Chris. Sie schreiben, dass sie mich lieben, diese Verrückten.« Nelly tomatete ein wenig. »Und der hier ist von Marvin.«

Sarah beobachtete ihre Augen, die Zeile für Zeile abtasteten.

»Er wünscht mir gute Besserung«, verkündete Nelly. Ihre Gesichtshaut war wieder ziemlich blass geworden. »Und er schreibt, dass Dina jetzt die Samantha spielt.«

»Ja«, sagte Sarah. Es hörte sich ziemlich kratzig an. »Sie war die Einzige, die den Text schon auswendig konnte.«

Nelly schwieg. »Na ja«, meinte sie schließlich. »Lässt sich wohl nicht ändern.«

Sarah schüttelte den Kopf. »Außerdem ist es Dinas einzige Chance zu beweisen, dass sie auch ganz normal und richtig reden kann.«

»Ja«, sagte Nelly. »Dina hat keinen besonders guten Stand, nicht?«

»Nein, hat sie nicht.«

»Gut, dass wenigstens du zu ihr gehalten hast«, fuhr Nelly fort.

Sarah schaute sie überrascht an. War es möglich, dass man Nelly heimlich geklont oder gegen eine Doppelgängerin ausgetauscht hatte? »Seit wann interessierst du dich denn dafür, wie es Dina geht?«, fragte sie rau.

»Ach, weißt du, wenn man hier so liegt und keinen zu Gesicht bekommt, dann macht man sich einen ganzen Haufen Gedanken und so«, meinte Nelly. Sie konnte Sarah dabei nicht angucken. »Und ich muss sagen, ich hab wirklich eine Menge Mist gebaut. Das mit Raven war die Krönung. Bestimmt bekomme ich jetzt Hausverbot bei den Schirmecks.«

»Ach Quatsch«, erwiderte Sarah. Dabei wusste sie es ja selber nicht so genau. Außerdem fragte sie sich, was Raven mit Dina zu tun hatte.

»Irgendwie war ich von Anfang an neidisch auf sie«, gestand Nelly ihrer Bettdecke.

»Neidisch? Auf Dina? Aber wieso das denn?« Sarah verstand mittlerweile gar nichts mehr.

»Na ja …« Nelly zuckte die Schultern. »Weil sie so cool ist und sich nichts gefallen lässt. Und auch, weil irgendwie alles an ihr abtropft. Sogar, wenn man sie schneidet oder blöde Witze über sie macht.«

»Das ist nicht wirklich so«, erwiderte Sarah. »Glaube ich wenigstens.«

»Du musst es ja wissen.« Nellys Stimme klang jetzt nicht mehr so sanft. »Du hängst ja dauernd mit ihr rum.«

»Stimmt gar nicht. Im Moment ist sie ziemlich sauer auf mich.«

Nelly richtete ihre blauen Augen auf Sarah. »Und wieso?«

»Wegen dir. Weil sie denkt, dass wir jetzt befreundet sind.«

»Sind wir ja auch«, sagte Nelly. Es hörte sich ziemlich trotzig an.

»Ich mag Dina aber auch.« Oje, Sarah biss sich auf die Zunge. Eigentlich hatte sie das gar nicht sagen wollen.

Nelly schwieg und kramte weiter in ihren Briefen herum. »Da ist sogar einer von Lorenzo!«, rief sie aufgeregt. Mit zitternden Fingern zog sie ihn aus dem Umschlag. »Er findet, dass ich toll reiten kann.«

Sarah nickte. »Dina liebt Marvin«, sagte sie leise.

»Weiß ich. Das sieht ja ein Blinder mit Armgips und Krückstock.«

»Und?«

»Was und?«

»Liebst du ihn auch noch?«

Nelly schloss die Augen und seufzte leise. »Keine Ahnung. Ich glaube nicht. Vielleicht habe ich ihm schon zu viele Briefe geschrieben.«

»Auf die er nicht geantwortet hat«, vollendete Sarah Nellys Gedanken.

»Dina hat auch keine Chance«, sagte Nelly. »Nie im Leben.«

Sie angelte sich den nächsten Umschlag und ihre Miene hellte sich auf. »Von Paps!« Mit zitternden Fingern pulte sie den Brief auseinander, fing an zu lesen und wurde dabei blasser und blasser. Schließlich knüllte sie ihn zusammen und pfefferte ihn in die Ecke.

»Was ist denn?«, fragte Sarah erschrocken.

»Er kommt nicht«, presste Nelly hervor. »Hat keine Zeit. Muss nach London, 'n neues Stück aufnehmen. Mit Robbie Williams, diesem blöden Affen! Pah!«

Und dann fing sie fürchterlich an zu weinen.

Sardinenfreundinnen

Sarah hatte Nelly im Arm gehalten und versucht sie zu trösten. Aber es war sinnlos gewesen. Nelly war so enttäuscht und verletzt, sie konnte einfach nicht aufhören zu weinen. Nicht einmal die Tatsache, dass ihre Mutter ein bisschen eher kommen und sich in der Stadt ein Zimmer nehmen wollte, konnte sie aufheitern. Irgendwann war Schwester Helen hereingekommen und hatte Sarah aus dem Zimmer geschickt.

Und nun stand sie wie bedröppelt in der Eingangshalle und wusste nicht so recht, was sie tun sollte. Da wurde plötzlich die Tür geöffnet und Dina tauchte auf. Sie war total eingemummelt in ihre dicke Winterjacke und in Schal, Handschuhe und Mütze.

»Ich glaube, es fängt bald an zu schneien«, meinte

sie, blieb auf der Fußmatte stehen und schaute Sarah unschlüssig an.

Sarahs Herz hämmerte wie wild gegen ihr Brustbein. Jetzt oder nie, dachte sie und legte sofort los. »Ich habe deinen Brief an Marvin nicht geklaut«, sagte sie. Mit einem Mal lag ihr unheimlich viel daran, möglichst schnell alles zu klären. Damit es bloß keine Missverständnisse mehr gab. »Ein Typ aus der Mittelstufe hat ihn gefunden. Im Gebüsch an der Sporthalle.« Sie hob die Schultern. »Keinen Schimmer, wie er da hingekommen ist. Ehrlich!«

»Schon gut«, erwiderte Dina. Sie stand immer noch auf der dicken Matte und hörte gar nicht mehr auf, sich die Schuhsohlen abzustreifen. »Ich glaub dir ja. Ich ... ich ... ich war ziemlich gemein zu dir. Und das tut mir Leid. Wenn so viele gegen einen sind, dann blickt man manchmal nich mehr durch.«

In Sarahs Kehle bildete sich ein dicker Kloß. Mit Tränen in den Augen starrte sie Dina an. »Mir tut es auch Leid«, schniefte sie.

»Was denn?«, fragte Dina erstaunt. »Du hast doch eigentlich gar nix verkehrt gemacht.« Endlich hörte sie mit der Fußabtreterei auf.

»Bis auf die Tatsache, dass ich mich mit Nelly angefreundet hab«, krächzte Sarah.

Dina seufzte. »Ja, das stimmt. Das is ganz schön heftig für mich gewesen. Aber vielleicht hab ich dich auch einfach ein bisschen zu viel genervt, wegen Marvin und so.« Sie kam auf Sarah zu und legte ihr die Hände auf die Schultern. »Ich wollte eben, dass wenigstens du zu mir hältst. Wo die anderen doch alle schon so fies waren.«

»Ich weiß«, sagte Sarah leise. »Es war schrecklich, dass du immer gleich beleidigt gewesen bist, wenn ich mal nicht so wollte wie du.«

»Und trotzdem hast du mir geholfen, die Rolle von der Samantha zu kriegen.« Dina zuckte mit den Mundwinkeln. Es sah so aus, als könnte sie sich nicht zwischen Lachen und Weinen entscheiden. »Zum Glück is Nelly vom Pferd gefallen.«

»Zum Glück?!«

Dina nickte. »Ja, sonst hätte ich mir vielleicht noch was ganz Blödes ausgedacht …«

»… um an die Rolle zu kommen?«, fragte Sarah atemlos.

»Hmm«, gab Dina zu. »Ich hatte so eine Wut auf die blöde Angeberin und außerdem hätte ich es nich überlebt, wenn sie Marvin geküsst hätte.«

Sarah grinste. »Die Frage ist, ob du es überlebst, wenn du es selber machst.«

»Blödi!«, sagte Dina und lief von oben nach unten knallrot an. »Ach, ich bin ja so aufgeregt, das glaubst du gar nich.« Sie ließ sich einfach um Sarahs Hals fallen. »Aber wenn ich dran sterbe, dann war's wenigstens voll der krasse Tod.«

»Lieber nicht«, meinte Sarah und drückte Dina an sich.

Eine Weile standen die Mädchen Arm in Arm und

völlig stumm in der Eingangshalle herum. Schließlich wagte Sarah die alles entscheidende Frage zu stellen: »Und was ist nun mit Nelly?«

Dina schien allerdings nicht zu ticken, worauf Sarah hinauswollte. »Wieso?«, fragte sie verwundert. »Geht es ihr so schlecht?«

»Nein«, murmelte Sarah in Dinas Halsbeuge. »Das heißt ja. Heute geht es ihr total schlecht. Aber nicht wegen ihrer Verletzungen, sondern weil ihr Vater nicht kommt.«

»Echt?« Dina drückte sich von Sarah weg. »Der kommt echt nich?«

»Nee.« Sarah schüttelte den Kopf.

Sämtliches Rot war inzwischen aus Dinas Gesicht verschwunden. Stattdessen machte sich ein ziemlich wütendes Weiß dort breit.

»So ein Arsch!«, presste sie hervor. »Väter! Die sind doch alle gleich!«

Wieder einmal war Dina so finster gelaunt, dass man kein vernünftiges Wort mit ihr reden konnte. Ganze zwei Tage lief sie schweigend und mit zusammengekniffener Miene durch die Gegend. Nur bei den Theaterproben nachmittags taute sie auf. Da war sie wie umgewandelt, mit Leib und Seele die Samantha.

Die Stimmung im Internat wurde allmählich immer angespannter. Die meisten hatten bereits damit begonnen, ihre Koffer zu packen, obwohl es bis zu den Ferien noch über eine Woche dauerte. Aber die

Räume und Säle der *Sardinenburg* verwandelten sich allmählich in eine Art Weihnachtsmarkt, wunderhübsch geschmückt mit Ausstellungen der Kunst-AG und einem kleinen Stand in der Eingangshalle, an dem selbst gebastelte Sachen an die Lehrer und die Angehörigen der Schüler verkauft wurden.

Am dritten Tag schien Dina wieder die Alte zu sein. Im Erdkundeunterricht setzte sie sich für Kathrin ein, die völlig überraschend etwas über die Chinesische Mauer sagen sollte und keinen Ton hervorbrachte, und Frederik kündigte sie an, ihm seine Zunge aus dem Hals zu schneiden, wenn er noch einmal über ihre Ohren lästern würde.

»Wann haste gesagt kommt Nellys Mutter?«, fragte sie Sarah in der zweiten großen Pause.

Sarah zuckte die Achseln. »Keine Ahnung. Wieso?«

»Aber da is sie noch nich, oder?«

»Dina, das heißt nicht *nich*«, klärte Sarah sie auf. »Wenn du dir das nicht langsam mal angewöhnst, dann ...«

»Kann ichs bei der Aufführung trotzdem«, unterbrach Dina sie barsch. »Jetz lass du mich bitte mit meiner Sprache in Ruhe. Mein Vater hat oft genug was daran rumzunörgeln gehabt.«

»Dein Vater?«, fragte Sarah erstaunt. »Ist er deshalb für dich gestorben?«

»Deshalb auch«, brummte Dina. »Ich will nachher zu Nelly«, kündigte sie an. »Kommst du mit?«

Logisch kam Sarah mit. Mit klopfendem Herzen folgte sie Dina in den Krankenturm. Natürlich hatte die Freundin mal wieder nicht gesagt, was sie eigentlich vorhatte. Wenigstens blickte sie nicht allzu verbissen drein und so hoffte Sarah, dass es nicht allzu schlimm werden würde.

Schwester Helen freute sich jedenfalls, dass Nelly so viel Besuch bekam. »Gestern war sogar ein feuriger Italiener hier«, erzählte sie, während sie die Tür zum Krankenzimmer öffnete.

»Ein feuriger Italiener?« Dina grinste. »Wow!«

Sarah verzog ihre Mundwinkel ebenfalls zu einem Lächeln. Ob das Lorenzo gewesen war?

Zunächst einmal bekam sie jedoch keine Antwort darauf. Denn nachdem Schwester Helen die Tür hinter ihnen wieder geschlossen hatte, schauten Nelly, die mittlerweile mit hochgestelltem Kopfteil im Bett sitzen konnte, und Dina sich nur stumm an.

»Es tut mir Leid«, presste Dina schließlich hervor.

»Was?«, fragte Nelly unfreundlich.

»Das mit deinem Vater.«

Nellys Augen wurden so schmal wie Nähnadeln. »Woher ...?« Erbost stemmte sie die Hände in die Taille.

»Ich hab's ihr erzählt«, gestand Sarah sofort ein. »Ich konnte nicht anders.«

»Und wenn du mir sagst, wo dein Vater gerade rumgurkt, dann dreh ich ihm eigenhändig den Hals um«, kündigte Dina an.

Nelly schnappte geräuschvoll nach Luft. Einen Moment sah sie so aus, als ob sie jede Sekunde explodieren würde, aber dann entspannten sich ihre Züge wieder. »Das ist furchtbar nett von dir«, sagte sie und deutete auf ihr Gipsbein. »Jetzt, wo ich gerade verhindert bin.«

Sarah hielt die Luft an. Dann lachte sie los. »Ihr seid ja verrückt!«

»Nee, sind wir nich«, erwiderte Dina. »Wir sind bloß alle drei irgendwie miteinander verwandt.«

»Verwandt?« Sarah hatte keine Ahnung, worauf die Freundin hinauswollte.

Dina nickte eifrig. »Wir sind alle drei irgendwie verlassene Seelen. Nellys und mein Vater haben uns einfach im Stich gelassen. Und deine Eltern dich ja irgendwie auch ...«, sagte sie und hockte sich nun ebenfalls auf Nellys Bettkante, allerdings so vorsichtig, als würde sie sich auf einem Fass Dynamit niederlassen.

Nelly holte einmal tief Luft und lehnte sich seufzend in ihr Kopfkissen zurück. »Was ist denn mit deinem Vater?«, fragte sie.

»Ach, dem war ich wohl zu anstrengend«, brummte Dina. »Wir hatten uns dauernd in der Wolle, weil ich nich so sein will, wie er sich das vorstellt. Und dann war Mama auch noch auf meiner Seite. Da is ihm eines Tages der Kragen geplatzt und er hat mich einfach in der *Sardinenburg* angemeldet.«

»So ein Blödmann«, meinte Nelly. »Du bist doch völlig in Ordnung.«

Sarahs Herz machte einen Hüpfer. Das waren ja wundervolle Aussichten! Wenn aus den beiden Kampfdrosseln jetzt tatsächlich noch echte Freundinnen würden, dann ... ja, dann konnte es hier in der Sardinenburg noch richtig gemütlich werden!

»Apropos Sardinenburg«, sagte Nelly. Sie verdrehte die Augen und stöhnte. »Wenn ihr wüsstet, wie sehr ich nach diesen Fischlein lechze. Leider hat Schwester Helen keine Ahnung, wann die nächste Lieferung kommt.«

»Ich hab noch welche«, meinte Sarah zögernd. »In meinem Schrank.«

Sie hatte es nämlich einfach nicht geschafft, alle zu verputzen, und jetzt waren noch zwei Konserven übrig.

»Echt?« Nellys Augen leuchteten auf. Sie fragte gar nicht groß nach dem Warum und Wieso, sondern befahl Sarah nur: »Hol sie! Sofort oder ich sterbe.«

»Na los!«, sagte Dina und zwinkerte Sarah zu. »Beeil dich. Ich pass so lange auf Nelly auf.«

Sarah war so glücklich, dass sie die Strecke bis zu ihrem Zimmer und zurück in Turbogeschwindigkeit bewältigte. Als sie wenige Minuten später wieder an Nellys Bett auftauchte, hockte Dina in friedlichster Eintracht bei Nelly auf dem Kopfkissen.

»Ich hab ihr alles erzählt«, empfing sie Sarah. »Die ganze Sache mit dem Sardinenklau.«

Erstaunlicherweise schien Nelly deswegen gar nicht böse zu sein. »Hätt ich an ihrer Stelle vielleicht auch gemacht«, gab sie zu. »Trotzdem danke, dass du mich gerettet hast«, fuhr sie zu Sarah gewandt fort.

Die war inzwischen schon dabei, den Deckel der ersten Dose abzurollen. »Fütterung des Raubtieres«, verkündete sie, fischte ein öliges Fischteil heraus und stopfte es Nelly zwischen die Zähne.

»Hmmmm!«, machte die und kaute genüsslich drauflos.

»Lass mich auch mal«, sagte Dina. »Irgendwie riecht das Zeug doch ganz gut.« Sie pulte sich ebenfalls ein Sardinenstück aus der Dose und biss mit skeptischem Gesichtsausdruck hinein. »Hm«, meinte sie schließlich. »Wirklich nich schlecht.«

Und während Sarah die zweite Dose öffnete, verputzten Nelly und Dina im Handumdrehen den Inhalt der ersten.

»Probier doch auch mal«, forderte Nelly sie auf.

»Hab ich doch schon«, erwiderte Sarah. »Ganze zehn Büchsen.« Sie schüttelte sich.

»Aber jetzt sind das doch Freundschaftssardinen«, sagte Dina. »Die schmecken garantiert voll anders.«

Natürlich wollte Sarah keine Spielverderberin sein und so nahm sie sich ebenfalls ein winziges Stück. Und tatsächlich! Dina hatte Recht. Heute schmeckten die schmierigen Dinger irgendwie anders. Auf jeden Fall hatte Sarah das Gefühl, dass sie sich an den Geschmack gewöhnen konnte.

Die letzten Schultage zogen sich für die meisten in die Länge wie Kaugummi. Nur für Dina und Sarah vergingen sie wie im Flug. Jede freie Minute verbrachten sie zusammen, erzählten einander von zu Hause, übten für die Samantha-Rolle und besuchten Nelly, sooft Schwester Helen es ihnen erlaubte.

»Kapier ich nicht«, sagte Jane immer wieder. »Ich hätte nie gedacht, dass ausgerechnet ihr drei mal so dicke miteinander werdet.«

»Sei doch froh«, meinte Dina. »Jetzt kannst du mit Tini in ein Zimmer und Sarah, Nelly und ich ebenfalls. Alle Probleme sind gelöst.«

Sie waren sofort zu Frau Buchstedt gelaufen und die hatte ihnen sogar erlaubt, dass Jane und Dina sofort miteinander tauschten. Innerhalb einer halben Stunde hatten beide ihre Sachen zusammengerafft und in der ersten Nacht lagen Dina und Sarah überglücklich aneinander gekuschelt in einem Bett.

»Hoffentlich kann Nelly bei dem Theaterstück zugucken«, meinte Sarah. »Es wär doch wirklich jammerschade, wenn sie das verpasst.«

»Hm«, machte Dina und seufzte tief. »Ich weiß ja nich. Vielleicht ist es doch 'n bisschen krass, wenn sie sieht, wie ich Marvin küsse.«

»Du und ihn küssen.« Sarah stupste Dina gegen die Schulter und grinste. »Das glaub ich sowieso erst, wenn ich's mit eigenen Augen gesehen hab.«

Dina stöhnte. »Hör bloß auf. Ich darf gar nich daran denken, dann wird mir schon speiübel.«

»Liebe muss wirklich schön sein«, erwiderte Sarah und schaute gespielt schmachtend zur Zimmerdecke. »Wenn einem davon sogar schlecht werden kann.«

»Dumme Nuss!«, brummte Dina. »Verlieb du dich erst mal, dann wirst du schon sehen.«

Bis zur Generalprobe verzichtete Frau Schnippzig auf den Kuss. Dina und Marvin mussten nur so tun als ob. Drei Tage vor Ferienbeginn rang Nelly sich auf Dinas und Sarahs Drängen hin dazu durch, einen ellenlangen Brief an ihren Vater zu schreiben und ihm zu erklären, wie gemein sie es von ihm fand, dass er sie einfach versetzte. Ganz besonders jetzt, wo sie sich auch noch das Bein gebrochen hatte. Einen Tag später traf dann ihre Mutter ein und von da ab ging es Nelly sichtlich besser. Plötzlich konnte sie aufstehen und drehte auf zwei Krücken ihre Runden durch die Burg. Und so tickten allmählich auch alle anderen Sardinenburgbewohner, dass Sarah, Dina und Nelly ganz dicke befreundet waren.

»Ein Weltwunder!«, riefen die *Drillies.* »Mal sehen, wie lange das hält.«

Natürlich hielten sie sich für das einzig wahre Freundinnendreiergespann. Aber das störte Sarah, Dina und Nelly nicht im Geringsten. Sie waren einfach nur happy.

Und dann passierte eines Mittags nach dem Essen noch etwas Überraschendes.

Frederik und Nils standen in der Tür, als Dina, Sarah und Nelly den Speisesaal verließen. Da stupste Frederik seinen Freund in die Seite und fragte ihn breit grinsend: »Sag mal … Ist dir bei denen eigentlich auch schon was aufgefallen?«

Nils schüttelte verständnislos den Kopf und Dina knurrte: »Klar, eine hat Krücken, die andere Segelohren und die dritte …«

»Nee, das mein ich nicht«, unterbrach Frederik sie. »Es geht um eure Namen: »SAR-ah, DI-na, NE-lly«, zählte er langsam und betont auf. »Merkt ihr was?«

Die Mädchen schauten sich an. Sie kapierten nicht, was er meinte.

»Mensch, Mensch.« Frederik verdrehte stöhnend die Augen. »Sardine!«, half er ihnen auf die Sprünge.

Nils schlug sich auf die Schenkel.

»Kreuzverdammich!«, rief er. »Aus den zänkischen Weibern sind doch tatsächlich fröhliche Fischchen geworden.«

Fröhliche Fischchen! Sarah tippte sich an den Kopf.

Dina jedoch wirbelte einmal um die eigene Achse. »Is ja irre«, freute sie sich. »Da können die *Drillies* sich meinetwegen die gleichen Nasen basteln lassen – Frederik und Nils haben voll Recht! Die einzig echten Sardinen sind wir!«

Sie packte Nelly bei den Krücken und tanzte mit ihr humpelnd im Kreis herum. Sarah lachte.

Nein, es war inzwischen ganz und gar keine Frage mehr: Nelly würde sich problemlos die Aufführung anschauen können und sie freute sich auch schon mächtig darauf.

Schließlich und endlich war der große Tag da. Sämtliches Gepäck derjenigen, die nach der Aufführung abreisen würden, stand bereits in der Kammer neben der Eingangshalle. In der ganzen Burg herrschte eine gespannt-aufgeregte Atmosphäre. Der allgemeine Lärmpegel war um einiges gestiegen. Aus allen Ecken und Winkeln ertönte Geschnabbel und Gekreische und Gekicher. Herr und Frau Buchstedt versuchten zwar immer wieder, etwas mehr weihnachtliche Besinnlichkeit herzustellen, aber das entpuppte sich als völlig sinnloses Unterfangen.

Die Einzige, die stiller war als sonst, war Dina. Leichenblass schlich sie durch die Gänge und murmelte leise vor sich hin: »Ich schaff das nich. Ich schaff das nich.«

Die Generalprobe war ein einziges Fiasko gewesen. Es schien so, als ob sämtliche Darsteller über Nacht ihre Texte vergessen hätten, und als es schließlich zur Kussszene kam, stürzten Marvin und Dina völlig hektisch aufeinander zu und donnerten ihre Schädel so heftig gegeneinander, dass sie von Schwester Helen mit Eispäckchen versorgt werden mussten.

»Macht überhaupt nichts«, hatte Frau Schnippzig völlig entnervt gesagt. »Je schlechter die Generalprobe, umso besser die Aufführung.«

Und damit schien sie Recht zu behalten. Die Anspannung stieg zwar mit jedem Stuhl im Theatersaal, der besetzt wurde, aber als dann endlich der Vorhang geöffnet wurde, vergaßen die Kinder alles um sich herum und spielten wie die jungen Götter. Nach jeder Szene gab es Jubelrufe aus dem Publikum und begeisterten Applaus.

Kurz vor der Kussszene bekam Sarah schrecklich wackelweiche Beine. Hoffentlich würde sie nicht zusammenknicken. Als Bankbein musste sie doch standhaft sein. Nervös schielte sie immer wieder zu Dina und Marvin. Doch die beiden schienen wie ausgewechselt zu sein. Cool wie die Profis spielten sie ihre Rollen, und als es dann zum alles entscheidenden Moment kam, wurde es richtig romantisch.

Marvin lächelte total verliebt und Dina ließ sich leise seufzend in seine Arme sinken. Und dann küssten sie sich. Sie küssten sich und küssten sich und das Ganze dauerte viel, viel länger als geplant.

Ein Raunen ging durch den Saal, hier und da wurde geklatscht. Und dann kreischte auf einmal Dinas Stimme durch den Saal:

»Marvin, ich liebe dich!«

Oh, nein, Christopherus, dachte Sarah entsetzt. Wie konnte Hausmeister Kegel bloß den Papagei mit in die Aufführung nehmen! Nun war alles zu spät.

Unzählige Köpfe im Publikum drehten sich nach hinten. Gelächter brach aus.

Marvin und Dina hörten auf sich zu küssen. Und Sarah sah, wie Marvin Dina zuzwinkerte und sie hätte schwören können etwas wie: »Ich mag dich auch« aus seinem Mund verstanden zu haben.

Und dann spielten die beiden einfach die Szene zu Ende, als ob überhaupt nichts passiert wäre.

Am Ende ertönte tosender Applaus. Viele riefen: »Bravo!«, und aus allen Ecken ertönten begeisterte Pfiffe. Nelly erhob sich von ihrem Stuhl und klatschte sich die Finger heiß und rot. Dina und Marvin nahmen einander an den Händen und verbeugten sich, und nach ihnen auch alle anderen.

Während der Beifall allmählich verebbte, stürzten immer mehr aus dem Publikum auf die Bühne zu und umarmten ihre Freunde. Auch Sarah hielt Dina bereits fest umklammert. Nelly kämpfte sich bis zu ihnen durch und Sarah und Dina schlangen ihr ihre Arme um den Hals.

Die Ferien konnten beginnen – auch wenn sie natürlich alle drei traurig waren, dass sie sich nun eine Weile nicht mehr sehen würden. Dafür würde die Freude dann umso größer sein, wenn das Leben in der *Sardinenburg* im nächsten Jahr weiterging.